En coédition avec la Cité des Électriciens
à l'occasion de l'exposition "Monument aux cent visages"
élaborée pour les Journées européennes du patrimoine
les 16 et 17 septembre 2023

La Cité des Électriciens

ÉDITIONS COURS TOUJOURS
20, ALLÉE DES SEIGNEURS DE LYONS
02 400 ÉPAUX-BÉZU
www.courstoujours-editions.com

PATRICK VARETZ

LE CANEVAS SANS VISAGE

ÉDITIONS
COURS TOUJOURS

Vous vous troublez, Madame, et changez de visage.
Jean Racine, *Britannicus*, acte II, scène 3

Elle ne sait pas trop ce qu'elle fait là. Un vide soudain, étranger à ses pensées, lui traverse le crâne, tandis qu'un courant d'air venu de la pièce de devant la fait frissonner. Léona tente de remuer la main demeurée en suspens sous le canevas, le pouce et l'index toujours occupés à pincer l'aiguille. Elle s'interroge sur la couleur du fil de coton qui, à l'endroit où elle l'a piquée, traverse la toile imprimée de l'ouvrage. Une drôle de teinte maronnasse qui lui évoque un mauvais café trop dilué, ou encore une vieille tache de sang impossible à effacer. Même aux pires heures de la guerre, elle n'avait jamais observé un ciel menaçant de la sorte. Quelle idée de représenter ainsi l'épais tapis de nuages, sans la moindre promesse d'éclaircie. Le ciel et la terre, en arrière-plan, semblent se confondre, presque indifférenciés, comme aux premières heures de l'origine du monde. Qu'est-ce qui lui a pris aussi de se mettre à broder ce portrait, comme pour défier le temps et amoindrir le poids de la solitude ? Cela lui ressemble si peu cette occupation de bonne femme.

Bien sûr, les travaux d'aiguille ça la connaît. Toutes ces années, elle en avait piqué des bras et des culs, elle en avait recousu des plaies. Mais la peau des hommes, c'est autre chose. C'est une sorte de tissu plus serré, plus résistant, et dans le même temps plus élastique. Tellement vulnérable au fond. Léona regrette l'époque où elle exerçait en qualité d'infirmière auxiliaire des mines, investie par les habitants des corons environnants d'un pouvoir occulte qui la précédait partout. Quand elle faisait sa tournée, on s'impatientait chaque fois de la voir arriver, et pourtant on redoutait d'apercevoir dans l'encadrement de la porte sa carrure massive, sanglée dans son éternelle gabardine mastic. Après avoir frappé, elle se redressait toujours afin de mieux mettre en valeur son mètre soixante-huit et ses deux seins en obus. Et dès qu'on lui ouvrait, elle transperçait du regard la pauvre silhouette qui lui faisait obstacle, la bousculant sans ménagement pour mieux investir les lieux. Léona ne faisait pas même semblant d'écouter le message qu'on tentait de lui faire passer, se gardant bien de prononcer le moindre mot en retour. Elle se dirigeait à l'instinct vers le malade qui requérait ses soins. On aurait dit qu'elle percevait les plaintes à travers les cloisons, qu'elle localisait d'une manière infaillible les râles et les souffles empêchés. Elle reniflait comme personne les odeurs de pansements et d'ulcères, les relents d'urine et de sueur, les remugles de chair épuisée. Tous les signes avant-coureurs de la mort.

De sa main gauche, elle caresse le ciel, peut-être pour chasser les nuages à la surface de l'ouvrage (l'aiguille se refusant toujours à percer la toile pour pointer à nouveau vers elle). Pour s'éviter de trop penser malgré le vide qui l'envahit, Léona murmure inlassablement — du bout des lèvres — une formule dont le sens finit par lui échapper : *en bas à gauche, en haut à droite, en bas à gauche, en haut à droite…* Elle a beau anticiper mentalement la série de demi-points qu'elle doit exécuter, le geste ne suit pas. Elle perçoit vaguement le son de Radio Luxembourg, depuis le poste à transistor posé sur l'appui de fenêtre, mais elle ne parvient plus à distinguer les paroles, pas plus qu'elle n'identifie les voix qui les prononcent. Un voile obscur semble recouvrir la réalité qui l'environne, mais ce voile — l'ancienne infirmière en est persuadée — menace de se déchirer à tout instant. C'est étrange comme le vide qui vous envahit, en l'espèce une matière noire en expansion, en vient à libérer en vous des pensées incontrôlées — des vérités jusqu'alors enfouies qui ne demandaient qu'à se faire jour. Léona n'a jamais pris la peine ni le temps de s'interroger sur son existence. Elle laisse cela aux geignards, aux déficients et aux malades. Elle n'accorde pas plus de place au doute ou au regret (elle abandonne de tels sentiments à son fils, Daniel). Ce qui lui importe, en toutes circonstances, c'est de piquer dans le vif, d'éradiquer le mal et la faiblesse sans ménagement. Exactement comme autrefois. Tapoter la peau, planter l'aiguille, inoculer le liquide salvateur. Ou alors, quand il s'agissait de nettoyer une plaie ou un ulcère qui tardait à se refermer, arracher brutalement le pansement en place, au mépris des cris et de la douleur. Surtout ne pas encourager les jérémiades et les vaines pleurnicheries. S'était-elle quant à elle jamais plainte de quoi que ce soit ?

Léona jette un œil en direction du transistor. Il est toujours posé là, à portée de main de qui viendrait s'asseoir à la table de la cuisine, près de la seule fenêtre. C'était l'emplacement favori de son défunt mari. Il s'y installait pour écrire son courrier et accomplir les démarches administratives que les gens du coron lui confiaient régulièrement. François. Il demeurait penché sur ses écritures, presque immobile, les yeux mi-clos derrière les verres de ses lunettes, une gauloise plantée au coin de la bouche. Parfois il relevait la tête, faisant mine de surveiller la rue (et dès que sa femme avait le dos tourné, il s'empressait de lamper son verre de Schiedam puis se resservait, bien conscient qu'elle n'était pas dupe de son petit manège). Plus personne, depuis sa mort — depuis sept ans, très exactement — n'occupe la place qu'il a laissée vacante. Les lettres et les cartes postales qui se sont accumulées dans l'angle de l'appui de fenêtre, à côté du Radiola, datent toutes d'avant ce triste mois de février 1968. À quoi bon retourner tout cela dans sa tête ? Léona ne veut plus penser à son mari, à l'ironie de son absence, et surtout pas aux circonstances accablantes de son décès. Elle préfère encore songer à son docteur, au gros Caudron, dont — d'une certaine façon — elle porte également le deuil.

Caudron. Ce qui l'avait séduite d'emblée chez ce gros type, c'était sa brutalité naturelle. Son allure de boxeur. Au physique, il n'était pas beaucoup plus grand qu'elle mais quand il s'avançait vers vous il avait cette façon instinctive de rentrer le cou, d'arrondir les épaules, qui donnait aussitôt le sentiment qu'il s'apprêtait à en découdre. Pour parfaire cette impression, il affichait une face plate et rubiconde, affligée comme il se doit d'un nez écrasé à l'arête brisée. Ce qui avait tout d'abord déstabilisé Léona, lors de leur première rencontre, c'était cette chevelure grasse artistement crantée qu'il arborait sur le sommet du crâne, une coquetterie incongrue, et cet excédent de chair qui tendait chaque couture de son blazer et de son pantalon. Et puis il y avait cette odeur de brillantine et de pastille de menthe qui emplissait l'atmosphère dès qu'il se mettait à brasser l'air autour de lui avec de grands gestes. Tout le contraire en somme de François, qui par-dessus le marché venait de tomber malade. Nous étions en 1942 et le gros Caudron, mandaté par la Compagnie des mines, était devenu leur nouveau médecin traitant. Après avoir diagnostiqué une pneumonie, ou plus exactement un pneumocoque, il avait demandé à Léona de faire elle-même les piqûres qu'il venait de prescrire à son mari. Quelques semaines plus tard, alors qu'il manquait toujours cruellement d'infirmières, il avait proposé à la jeune femme — elle allait avoir trente-quatre ans — de le seconder à titre bénévole, lui déléguant la charge des injections intramusculaires et sous-cutanées, des pansements, ou encore la pose des ventouses et des sangsues.

Sans oublier les gardes de nuit (à cette époque, on injectait encore la pénicilline toutes les trois heures, et il fallait parfois coucher chez le malade). Le gros Caudron avait tout naturellement saisi cette opportunité pour faire de Léona sa maîtresse.

En bas à gauche, en haut à droite, en bas à gauche, en haut à droite… Puis changer de ligne, en haut à droite, en bas à gauche, en haut à droite, en bas à gauche… jusqu'à l'extrémité de la tache sombre. Léona finit par avoir mal aux doigts à force de planter son aiguille, de serrer un à un ses demi-points en suivant scrupuleusement le motif. Elle souffre surtout, pendant tout ce temps, de ne pas pouvoir se ronger les ongles (enfin, le peu d'ongles qui lui reste). Cela lui manque de se grignoter les dernières phalanges jusqu'au sang, de s'arracher les peaux mortes — car, malgré ses soixante-six ans, elle possède encore de bonnes dents. Elles sont toutes là, bien alignées, intactes, bien qu'elle ne se soit jamais résolue à les brosser. Un pied-de-nez, presque un camouflet adressé aux dentistes de la caisse de secours de la Compagnie. Au fond, elle n'a jamais trop pris soin d'elle, méprisant depuis toujours toutes ces femmes qui s'ingéniaient à préserver la douceur de leur peau et la sveltesse de leur silhouette. Avec les hommes, avec François, avec Caudron, et avec quelques autres, des prétendants plus ou moins malheureux, elle s'était toujours contentée de mettre en avant sa poitrine avantageuse. On peut prendre tous les bonshommes, même les caractères les mieux trempés (et ils sont rares), il n'y en a pas un pour résister à l'argument de deux seins qui se dressent. Il n'en faut pas plus pour percer leur défense à tous. Et nul besoin avec ça de minauder, ou encore de roucouler.

Au temps de Caudron, c'est à peine si elle se mettait un peu de rouge sur les lèvres avant chacun de leurs rendez-vous. Et, il lui faut bien l'avouer, c'est une habitude qu'elle a conservée encore aujourd'hui, même si le gros docteur ne lui rend plus visite qu'une seule fois par semaine (pour lui confier, qui plus est, le récit de ses dernières aventures). Quel beau salaud, quand on y songe. Leur histoire, si on peut appeler cela une histoire, avait duré jusqu'au début de l'année 1953. Léona allait avoir quarante-cinq ans et son tour de poitrine ne suffisait plus à faire oublier son tour de taille. C'était quelques mois seulement avant qu'elle ne soit autorisée par la Préfecture du Pas-de-Calais à exercer au titre définitif d'infirmière auxiliaire. Caudron, sans un mot d'explication, sans une parole de réconfort, l'avait délaissée au profit d'une infirmière plus jeune, nouvellement nommée. Après une période de mise à l'écart propre à dissiper les embarras de part et d'autre — une période de quelques semaines au cours de laquelle elle s'était sentie injustement répudiée —, ce bon gros salaud était revenu à la charge, bienheureux encore de trouver quelqu'un devant qui étaler par le menu ses frasques et sa bonne fortune (car il avait, depuis, multiplié les conquêtes).

Il existait de fait entre ces deux-là, la vieille infirmière et son médecin, une complicité que rien ne semblait devoir entamer. Ils paraissaient constitués de ce même matériau inerte, immarcescible, qui trempe depuis toujours le caractère des êtres dominants, et leur âme — pour peu qu'ils en possèdent une — s'embarrassait assez peu du mal qu'ils provoquaient autour d'eux. Léona, qui recevait chaque fois son ancien amant à la table de sa cuisine (sans toutefois l'autoriser à occuper la place de son défunt mari), commençait par lui servir un porto avant de s'asseoir légèrement en retrait, le dos presque collé à la cuisinière à charbon, afin de mieux savourer ses paroles. Elle exigeait qu'aucun détail, fût-il scabreux, ne lui soit épargné. Ainsi, à propos de la dernière favorite en date, la Gruson, une jeune diplômée pour le moins ingénue, elle s'était fait expliquer jusqu'à trois fois la manière dont celle-ci pratiquait les « gâteries » — elle aurait été bien incapable d'employer un autre mot —, tandis que le gros la promenait dans sa voiture, au prétexte de l'aider à mémoriser ses tournées.

Avec Caudron, elle s'était contentée pendant des années d'étreintes furtives, « de petits coups vite faits », comme disait le gros. À la faveur de leurs gardes répétées, ils s'enfermaient dans le cabinet du médecin, à l'arrière du dispensaire de la Compagnie. Tous leurs gestes semblaient alors réglés et agencés comme pour un examen de routine. Après l'avoir invitée d'un signe de la main à fermer la porte, il se levait soudain et déboutonnait sa blouse, puis se glissait derrière elle pour lui empoigner les seins. C'en était fini des préliminaires. Léona se frottait hâtivement contre lui, se retournait pour le débraguetter, puis plaquait sa grosse tête toute congestionnée contre sa poitrine. Un court instant, elle humait jusqu'à l'extase l'odeur de brillantine dans ses cheveux crantés. L'autre pantelait, peinait à recouvrer son souffle, puis, tel un boxeur mi-lourd qui pousse soudain son adversaire dans les cordes, il coinçait l'infirmière contre le bureau où, d'elle-même, elle allait poser les fesses (en prenant soin chaque fois d'ôter sa culotte puis d'écarter les cuisses). Tandis qu'il s'ingéniait à la dépoitrailler, le gros Caudron la pénétrait sans plus de cérémonie, lui arrachant son petit plaisir comme un dû. Il était à peine parvenu à extraire un sein de son bonnet que, déjà, il se retirait, pleinement satisfait de sa besogne. Léona demeurait quant à elle quelques secondes sans bouger, rassemblant ses pensées, puis elle se laissait envahir par une espèce de frisson de chaleur qui, à défaut de jouissance, la remplissait de fierté (celle du devoir accompli). Et quand enfin elle allait jeter un œil dans la salle d'attente, pour faire le compte des patients, son amant se frottait encore les mains avec jubilation.

Le souffle d'air glacé qui lui balaye les jambes l'oblige cette fois à délaisser son ouvrage. Léona plante son aiguille dans la toile, pile sous le menton du mineur qui en constitue le motif central, puis elle rajuste le châle sur ses épaules. Dans un sursaut, elle s'extrait de son fauteuil à bascule pour aller remettre du charbon dans la cuisinière. Elle tisonne les braises avec la dernière énergie, remplit le fourneau de boulets d'anthracite, avant de passer machinalement un doigt sur le manteau de la cheminée. Grimace. Le bout de son index lui apparaît couvert de suie. La prochaine fois, il faudra qu'elle demande à Andrée, sa femme de ménage, de nettoyer à fond toutes les pièces du bas. Surtout la pièce de devant, le salon-salle à manger où elle ne va jamais (sauf quand elle a la faiblesse d'inviter toute une tablée à déjeuner, comme c'est le cas pour ce dimanche en huit). Autant elle déteste les tâches ménagères, ce qu'elle appelle de manière un peu abrupte les corvées de bonnes femmes, autant elle aime passer de longues heures à cuisiner. Elle doit tenir cela de sa mère, Amélia, qui possédait un hôtel-pension-restaurant dans le centre de Marles. L'ancienne infirmière a le goût des plats réconfortants : bouchées à la reine, jambon au madère, langue sauce verte, pigeons rôtis aux petits pois, coq au vin ou encore civet de lapin. Chaque fois qu'elle lance une invitation, le plus souvent à destination de ses neveux et de leur famille et plus rarement de son fils, elle profite de l'occasion pour aller puiser dans la cave parmi les dernières bouteilles que François, son mari, avait fait rentrer avant de mourir. Riesling, Tokay, Gewurztraminer,

Gevrey-Chambertin, Aloxe-Corton, Canon-Fronsac, Saint-Julien et Saint-Estèphe (le défunt affichait une prédilection pour ces deux derniers crus, dont l'élégance et la douceur s'accordaient plutôt bien avec le caractère accommodant qui était le sien). Quant à elle, elle serait plutôt bourgogne, comme le gros Caudron. Léona préfère les vins capiteux qui vous font monter sans attendre la chaleur au ventre et le rouge aux joues. Oui. Elle apprécie sans détour la bonne chair et les plaisirs de la vie (même quand ceux-ci sont consommés de manière expéditive).

François, sans vouloir lui porter préjudice, n'avait jamais su s'y prendre avec elle. C'était un doux, une sorte d'intellectuel, qui se révélait plus à l'aise le nez plongé dans les livres que l'œil pendu dans le décolleté des femmes. Pourtant, c'est ce qui l'avait séduite à l'époque du pensionnat de Montreuil, ces allures de « petit monsieur » qu'il se donnait en permanence. Cet air de ne pas y toucher. Mais Léona, très vite, avait déchanté. Il avait beau s'exprimer avec des mots choisis, pincer la bouche avec délicatesse, s'entourer vaguement de mystère, il n'était jamais parvenu — ne serait-ce qu'une seule fois — à lui fouetter les sangs avec suffisamment de vigueur. Au lit, il attendait toujours que ce soit elle qui prenne l'initiative. Il se raidissait tel un bâton, du sommet du crâne à la pointe des orteils, et se laissait malmener jusqu'à ce qu'elle lui donne son plaisir. C'est à peine alors si ses mains, au plus fort de l'action, s'égaraient sous la combinaison. Au fond, elle avait toujours pensé qu'il devait se sentir coupable. Mais coupable de quoi, grands dieux ? Quel idiot ! François Wattez, alias « Procore », était en réalité un homme secret, un taiseux qui n'aimait rien tant que cultiver son petit carré de clandestinité. Au plus fort de la guerre, à peine remis de son pneumocoque, il avait commencé à disparaître régulièrement (au prétexte chaque fois d'aller se ravitailler dans les fermes du côté de Pernes). Il enfourchait sa bicyclette à la nuit tombée, et on ne le revoyait plus de plusieurs jours. À son retour, il brandissait une livre de beurre sous le nez de son fils, Daniel, puis il extrayait de sa musette — tel un magicien — un lapin, une douzaine d'œufs, un paquet de chicorée, et parfois un morceau de lard. Ce n'est que bien plus tard, presque dix ans après la Libération, qu'il avait avoué à sa femme avoir fait partie des F.F.I. (ainsi, il avait servi tout un temps dans l'armée secrète sous les ordres du commandant-général Dassonville, alias « Timéon », avec le grade de brigadier-chef).

Léona observe le visage au centre du canevas qui, de plus en plus, lui évoque les traits bienveillants de François, son pauvre mari. À l'évidence, pour ce qu'elle avait pu constater par elle-même quand elle était infirmière, une telle physionomie correspondait assez peu à quelqu'un censé passer une bonne partie de sa vie sous terre. Les mineurs qu'elle avait soignés possédaient des visages autrement marqués, ravinés par l'effort. Ils affichaient rarement ce petit sourire équivoque — tenus qu'ils étaient, le plus souvent, d'ouvrir grand la bouche pour trouver l'air qui venait à leur manquer. Ce qui, par-dessus le marché, les obligeait à grimacer et à rigoler sans raison, pour mieux dissimuler leur gêne respiratoire. L'arête du nez et le front apparaissaient généralement bosselés, et la peau des joues, fatiguée, pendait assez lamentablement sous les yeux bien avant quarante ans. Il fallait compter également avec les ravages de l'alcool, dont la couperose était le moindre des stigmates. François, pour ce qui le concernait, n'était jamais descendu au fond. Ce qui expliquait sans doute cette tête d'instituteur et ces traits réguliers qu'il avait conservés toute sa vie. Il avait effectué toute sa carrière dans les grands bureaux des mines de Marles à Auchel, avant de prendre à cinquante-cinq ans une retraite imméritée, alignée sur celle de tous ceux qui avaient avalé du charbon depuis leur plus jeune âge. Pour échapper à la tyrannie de son épouse, le jeune pensionné avait alors accepté une place d'expert-comptable dans une petite entreprise d'import-export de Lapugnoy, le village voisin. Poste qu'il avait occupé jusqu'à sa mort.

Les doigts à présent travaillent tout seuls, sans qu'il lui soit besoin d'anticiper le trajet de l'aiguille. À croire que l'esprit se dédouble. D'un côté, le cerveau semble veiller inconsciemment à la bonne avancée de l'ouvrage. De l'autre, il explore le passé, ramenant à la surface — selon une logique qui lui appartient en propre — différentes séquences qu'il a stockées dans sa mémoire. Ce qui intrigue le plus Léona, au fond, c'est l'entêtement de sa psyché à convoquer ainsi les hommes de sa vie. François, son pauvre mari, et bien sûr le gros Caudron, pour faire bonne mesure. Et qui d'autre encore après ça ? Elle aurait préféré ne plus penser à rien, quitte à se dissoudre lentement dans une rêverie éthérée (un peu comme un comprimé d'aspirine plongé dans un verre d'eau). Au lieu de cela, elle sent flotter autour d'elle des odeurs fantômes, à commencer par celle du savon à barbe de François. Elle le revoit, campé dans la cuisine, devant la petite armoire de toilette accrochée au mur, occupé à faire mousser le blaireau sur les joues et sous le menton, puis à se racler la peau jusqu'au sang. Il est en tricot de corps, et l'on aperçoit sur le haut de son bras gauche un carré de peau de cheval (dont il taille régulièrement les crins pour éviter qu'ils ne deviennent trop longs). Par souci d'équité, peut-être par sentimentalisme, l'ancienne infirmière perçoit également l'odeur de brillantine du gros docteur, son amant. Un parfum de lavande, aux notes camphrées résolument agressives. Et puis, supplantant toutes les autres, il y a cette affreuse odeur que trimbalait partout le chien Mickey (enterré depuis longtemps dans un coin du jardin). Un remugle de poils mouillés et de dents pourries. Une pestilence pire que la mort.

Nous sommes en 1975. Léona est veuve depuis maintenant sept ans et continue de vivre seule, sur les hauteurs de la côte de Lozinghem, dans la petite cité minière où elle a longtemps exercé. Ici, tout le monde la connaît et beaucoup la redoute. Bien qu'elle ne soit plus en activité, on continue de la solliciter en cas de décès pour procéder à la toilette des morts, tâche dont elle s'acquitte chaque fois avec un plaisir non dissimulé. Elle apparaît toujours impatiente de dénuder les corps, de les frotter sans ménagement avec un gant de toilette, puis de les rhabiller à la va-vite avant que les membres ne se raidissent. Tous ces morts, elle les considère un peu comme de grandes poupées, qu'elle prendrait plaisir à désarticuler. Il est vrai qu'elle a eu tout le temps, pendant la guerre, d'apprivoiser la peur et la répulsion au contact des cadavres. Et quelle satisfaction aussi de se sentir bien vivante, à manier ainsi la chair froide dans un monde qui se hâte d'ensevelir ses défunts pour mieux passer à autre chose.

Quand François s'était laissé mourir — elle préfère désormais adopter cette version des faits, moins compromettante —, au cours de ce triste hiver 1968, elle n'avait pas été longue à se sentir renaître. Elle avait accueilli ce printemps de révolte avec une jubilation secrète, comme soulagée de voir la jeune république vaciller autour d'elle sur ses anciens piliers (et dieu sait, cependant, si elle vénérait le général de Gaulle). Affolé par la rumeur d'une insurrection communiste, visant à prendre d'assaut l'Élysée, le docteur Caudron courait quant à lui de droite et de gauche, venant l'approvisionner sans relâche en produits de première nécessité ou supposés tels. À toute heure du jour ou de la nuit, il surgissait sans crier gare, les bras chargés de kilos de sucre cristallisé, de paquets de biscottes ou encore de coton hydrophile. Il avalait son porto debout, d'un trait, au risque de s'étouffer, et n'avait plus du tout la tête aux confidences érotiques. Depuis que les mandarins et les grands chefs de service des facultés de médecine et des hôpitaux parisiens voyaient leur autorité mise à mal par les étudiants, il commençait réellement à craindre pour son intégrité physique. D'un œil enfiévré, il partageait au profit de son infirmière son analyse alarmiste de la situation, citant de mémoire les commentaires entendus aux actualités télévisées. Léona, trop heureuse de pouvoir le consoler, s'empressait alors de caler son gros visage entre ses deux seins, le berçant comme un enfant.

Elle a beau se concentrer sur son ouvrage, tous les jours finissent par se ressembler, à l'exception des mercredis et des dimanches. Le mercredi, c'est le jour où le gros docteur vient lui rendre visite. Quant au dimanche, quand elle ne reçoit pas elle-même des invités, c'est par tradition le jour où elle va déjeuner chez son fils (plus pour garder un œil sur le ménage, et y asseoir son autorité, que par réelle envie de partager un moment en famille). Pour rompre cette monotonie de l'existence, Léona peut également compter sur les rares périodes où elle voyage. Il y a maintenant deux ans qu'elle s'est fait faire un passeport pour partir en Roumanie en séjour organisé. Deux années de suite, elle s'était ainsi rendue dans la région de Constanța, sur la mer Noire, dans la station balnéaire de Mamaïa fréquentée par les Russes et les Allemands de l'Est, mais surtout par une cohorte de Français et de Belges attirée comme elle par cette destination bon marché. Pour la première fois, elle avait pris l'avion, étouffant bien vite ses scrupules gaullistes à enrichir l'économie communiste, et bienheureuse enfin d'observer depuis le ciel un paysage partout redessiné par l'activité humaine (elle qui, jusqu'alors, se forçait à croire que les cités minières étaient les seules à imposer à la nature leur rigueur géométrique). C'est en juin dernier, dans l'hôtel où elle résidait — un gigantesque cube de quinze étages — qu'elle avait fait la connaissance de Monsieur Alphonse, le dernier en date de ses prétendants estivaux (et le seul, à ce jour, à qui elle ait offert le réconfort de son abondante poitrine). Originaire de Loison-sous-Lens, et veuf comme elle, il l'avait poursuivie de ses assiduités bien après leur retour, allant jusqu'à emprunter des manières d'un autre âge — genou en terre et bague de fiançailles — pour lui demander sa main. La suite des événements, malheureusement, ne s'était pas déroulée conformément à ses vœux.

Le matin, après avoir remis du charbon dans la cuisinière et relancé le feu, Léona fait réchauffer un fond de robusta dans sa petite casserole bleue. Elle sirote sa première tasse de café, l'œil dans le vague, en prenant soin entre chaque gorgée de croquer un morceau de sucre pour adoucir le liquide bouillant. Dans le même temps, elle mâche sans appétit une tartine de beurre. Quand elle se lève de table, Léona allume le transistor pour écouter les informations sur Radio Luxembourg. Mais les mots glissent sur elle, à l'exception toutefois du bulletin météorologique qui retient chaque fois son attention. Pour se rassurer, elle observe le ciel depuis la fenêtre, se fiant à sa seule couleur pour se forger une opinion (car, pour le reste, tout demeurera flou tant qu'elle n'aura pas chaussé ses lunettes). Devant l'évier de la cuisine, elle entreprend une rapide toilette, plus pour dissiper l'épouvantable odeur fantôme du chien Mickey — qu'elle continue de percevoir — que pour réellement se rafraîchir des bouffées de chaleur de la nuit. Elle frissonne au contact du gant sur son visage, use du savon avec parcimonie, puis, sans même s'essuyer, remonte dans sa chambre pour s'habiller. Elle redescend presque aussitôt pour s'installer dans son fauteuil à bascule, et reprendre son ouvrage là où elle l'a abandonné la veille. Très franchement, Léona ne pensait pas y consacrer autant de temps. Voilà plus de trois semaines qu'elle s'est attaquée au ciel, et les choses n'avancent pas comme elle le voudrait. C'est à peine si elle vient d'achever de broder les nuages qui se sont accumulés sur le côté gauche du canevas, face au personnage. Qu'est-ce qui lui a pris, aussi, après le départ tempétueux de Monsieur Alphonse, de s'adonner soudainement et pour la première fois de son existence aux travaux d'aiguille (si l'on excepte, bien sûr, les piqûres qu'elle a administrées par milliers en qualité d'infirmière). Ce n'est certainement pas cela qui le fera revenir, ce pauvre Monsieur Alphonse.

Le soleil s'est absenté du ciel

Comme il lui apparaît soudain infernal ce morceau de ciel, d'où le soleil semble s'être à tout jamais absenté — infernal au sens où, projetée sous un tel couvercle, Léona s'imaginerait aussitôt vouée aux turpitudes éternelles. Les nuées s'apparentent à des vapeurs volcaniques, et les rares trouées entre les masses nuageuses laissent entrevoir l'opacité brunâtre d'une mer démontée. Cela lui évoque, en pire, le ciel de Montreuil-sur-Mer à l'époque où elle était pensionnaire à l'institution Sainte-Austreberthe. Elle avait quinze ans et souffrait d'une pleurésie qui se refusait à guérir. Cet automne-là, il avait plu sans discontinuer pendant plusieurs semaines. Des vents coulis vous poursuivaient sans relâche dans les couloirs, forçaient les portes des salles de classe, tourbillonnaient dans les cages d'escalier, pour finalement pénétrer dans les dortoirs. Au creux des lits, les draps lourds d'humidité ne parvenaient plus à sécher. Au matin, les pensionnaires transies scrutaient le ciel noir à travers les grandes fenêtres. Certaines, tandis que le vent rabattait vers la façade des trombes d'eau assourdissantes, s'agenouillaient, priant pour qu'une éclaircie survienne. Léona, qui souffrait d'épouvantables douleurs thoraciques, économisait maintenant chacun de ses gestes. Tourner les pages d'un livre lui devenait pénible, d'autant qu'elle ne parvenait déjà plus à se concentrer sur les matières que l'on cherchait à lui inculquer. Sa maladie, comme il fallait s'y attendre, avait eu des conséquences fâcheuses sur ses études et elle avait échoué tout naturellement au brevet élémentaire qu'elle avait passé en 1924 (la seule épreuve où elle avait rencontré quelque réussite étant les sciences physiques et naturelles).

C'est peu avant cela, au printemps 1924, qu'elle avait officialisé sa relation avec François. Le jeune homme, qui avait longtemps traîné devant l'hôtel-pension-restaurant de Marles dans l'espoir chaque fois de la croiser, enfourchait à présent sa bicyclette bien avant l'aube pour aller la retrouver le dimanche. Il parcourait ainsi pendant plus de cinq heures une soixantaine de kilomètres, bravant les pires intempéries. Après la messe, la jeune fille s'arrangeait chaque fois pour le rejoindre sur les remparts de Montreuil, où ils effectuaient d'incessants allers-retours. Le ciel, au-dessus d'eux, demeurait menaçant, et Léona, qui entendait maintenir son prétendant à distance respectable, refusait toujours qu'il l'enlace (au prétexte que sa plèvre la faisait encore souffrir). Cependant, quand elle l'embrassait, elle avançait suffisamment le buste en se penchant vers lui pour qu'il remarque sa poitrine. François, qui portait les cheveux longs, ramenés vers l'arrière, fumait sans relâche des gauloises Caporal tout en lui parlant de Victor Hugo. Savait-elle par exemple que dans *Les Misérables*, Jean Valjean, l'ancien forçat en rupture de ban, était devenu le maire de cette ville sous l'identité de Monsieur Madeleine ? Léona se moquait bien de la littérature et des histoires de bagnards. Tout ce qui lui importait alors, c'était la position que le jeune homme de vingt-et-un ans occuperait bientôt dans l'existence. Maintenant qu'il travaillait aux grands bureaux d'Auchel, il commençait à représenter à ses yeux un parti presque acceptable.

Léona voudrait bien crever les nuages à coups d'aiguille, mais les demi-points de coton qu'elle multiplie sur la toile ne font qu'alourdir le couvercle du ciel. L'ancienne infirmière étouffe dans sa petite cuisine. Elle a beau interrompre son ouvrage et se balancer dans son rocking-chair, elle ne parvient pas à dissimuler l'angoisse qui s'accumule sous son crâne. Elle se revoit courant sous les bombardements alliés, en juin 1944, tirant par la manche son fils de huit ans. Un projectile venait de détruire une ferme, à quelques centaines de mètres à peine de la route le long de laquelle ils s'enfuyaient. Invisibles au-dessus des nuages, les bombardiers britanniques — vraisemblablement des B17 et des B24 — larguaient leurs engins explosifs à l'aveuglette, croyant cibler sans doute la base V2 que les services de renseignement avaient repérée plus au nord, à quelque quarante kilomètres de là. Daniel, affolé par le vrombissement des moteurs et plus encore par le vacarme des déflagrations, s'était soudain soustrait à son emprise, et elle n'avait rien fait pour le retenir. Léona était demeurée plantée là, à le regarder cavaler, comme libérée d'un poids et, dans le même temps, passablement irritée. Après tout, qu'il se débrouille puisqu'il tenait tant à affronter seul les dangers de l'existence. Elle ne comprendrait jamais rien à ce garçon, geignard et sournois, qui avait hérité de la faiblesse de son père (mais sûrement pas de son intelligence).

Pendant la guerre, Léona, en qualité d'infirmière auxiliaire bénévole, avait aidé le gros Caudron à porter les premiers soins aux blessés victimes des bombardements. Alors qu'elle s'attendait surtout à contenir des hémorragies, réduire des factures et suturer des plaies, elle avait été confrontée à l'impact de la pression des explosions sur les corps : sur les oreilles et les yeux, sur les poumons et les intestins, sans parler des lésions traumatiques qui endommageaient le cerveau. Elle avait constaté également nombre de brûlures et d'affections respiratoires dues à la fumée. La carapace humaine, constituée de peau et de muscles, était chaque fois sérieusement mise à mal, mais elle échouait le plus souvent à protéger les organes dits vitaux, ainsi que le système nerveux. En cas de survie, d'autres problèmes surgissaient. Par exemple, si les patients demeuraient immobiles plusieurs jours de suite, ils commençaient à rencontrer des problèmes circulatoires (et leur état général, infailliblement, se détériorait). Face à l'urgence des situations, à la détresse qui frappait aveuglément les plus faibles — les enfants, les femmes et les vieillards —, Léona avait d'emblée développé une forme d'insensibilité, une indifférence à la douleur d'autrui, qui ne l'avait plus quittée par la suite. Lorsqu'en 1951, elle avait dû faire l'exposé de ses titres et références, en vue d'obtenir à titre définitif le statut d'infirmière auxiliaire, elle n'avait pas hésité à souligner le tact et la délicatesse avec lesquels elle avait su porter réconfort aux grands blessés et aux malades. Le tact et la délicatesse. Pour tous ceux alors qui l'avaient croisée dans l'exercice de son métier, ces deux mots auraient eu de quoi faire sourire. Elle-même, à plusieurs reprises, avait rapporté l'anecdote suivante qui venait contredire sans appel le jugement complaisant qu'elle avait cru devoir produire pour influencer favorablement ses autorités de tutelle. À une épouse éplorée qui, en aparté, s'enquérait de la gravité de l'état de son mari silicosé, elle avait simplement répondu, avec le prétendu doigté qui la caractérisait : *Eh bien quoi, il est foutu !*

Au matin du 10 février, Radio Luxembourg annonce la mort, dans la nuit, de l'humoriste Pierre Dac. Léona, qui n'entend rien à l'humour, se souvient néanmoins que pendant la guerre François et elle écoutaient, sur Radio Londres, une émission où le fantaisiste intervenait. Elle se rappelle surtout de la petite rengaine qu'il chantait chaque fois: *Radio-Paris ment, Radio-Paris ment, Radio-Paris est allemand.* C'était vers la toute fin de l'année 1943 et au début de 1944, période pendant laquelle son mari recevait de nombreuses visites, avant de disparaître parfois pendant plusieurs jours. Tous les deux, ils s'enfermaient régulièrement dans leur chambre pour tenter de capter, à bas bruit, les nouvelles de la France Libre sur leur gros poste à lampes. Un tel luxe de précaution n'avait rien d'inutile, quand on sait que la maison qu'ils habitaient (et où elle vit toujours) abritait deux familles, comme d'ailleurs toutes les maisons de la Compagnie — les cloisons qui séparaient les deux logements laissant filtrer une bonne partie des sons. Le visage de François s'éclairait quand soudain il croyait percevoir une phrase sibylline, chargée de quelque mystérieux message, tandis qu'elle demeurait pour sa part parfaitement hermétique à toute forme de charabia. Si elle l'accompagnait en haut, à chacune de ces occasions, c'était par pure curiosité, ou alors parce qu'il serait bientôt l'heure de se mettre au lit. Sur Radio Luxembourg, le commentateur pour conclure son éloge met cette fois l'accent sur l'engagement de Pierre Dac pendant le second conflit mondial, précisant notamment qu'il avait été nommé membre d'honneur du fameux Groupe Lorraine, l'unité militaire des Forces aériennes françaises libres créée en 1940 par le général de Gaulle.

Quand elle se couche, Léona caresse chaque soir, sous les couvertures, l'emplacement laissé vacant par son mari (comme pour mieux mesurer son absence, depuis sa mort subite à l'âge de soixante-cinq ans, deux jours à peine après qu'il était entré à l'hôpital de Béthune). Pendant de trop longues minutes qui lui semblent durer une éternité, elle se tourne et se retourne de son côté du lit, peinant à trouver le sommeil. Les rares voitures qui circulent à cette heure dans la rue Paul-Vaillant-Couturier balayent de leurs phares le plafond de la chambre, la ramenant brutalement du côté des vivants. À scruter ainsi les halos de lumière qui éclairent tour à tour la commode, le pied du lit et la gigantesque armoire, à guetter fébrile leur disparition — tout en retenant son souffle —, elle a parfois le sentiment d'échapper à une radiographie d'un type particulier (comme si l'on cherchait chaque fois à éclairer les zones les plus obscures de sa conscience). Léona regrette aujourd'hui de ne pas avoir posé — quand il en était encore temps — certaines questions à François, notamment sur son rôle exact au sein du réseau clandestin qu'il avait rejoint pendant la guerre. Elle l'imagine mal avoir pris les armes pour participer à des opérations de commando, préférant penser qu'il utilisait ses talents de scribe pour confectionner divers faux papiers, cartes d'identité et Ausweise. Elle regrette surtout de ne pas avoir décelé à temps les symptômes de sa maladie. Un manquement pour le moins impardonnable de la part d'une infirmière.

Le ciel, qu'elle achève de broder, lui apparaît soudain presque électrique, saturé d'ondes, comme s'il menaçait de se déchirer — ou comme si les fils de coton, assemblés au plus serré, agissaient tels un gigantesque tapis conducteur suspendu au-dessus d'une terre désolée. Du plat de la main, elle apprécie la qualité de son travail, la régularité de ses demi-points (qui a de quoi surprendre au regard de son manque d'expérience). Puis elle retourne l'ouvrage, et considère d'un œil critique l'enchevêtrement de fils et de nœuds que ses efforts ont également produit. L'âme humaine ne manifeste-t-elle pas, de la même façon, une semblable ambivalence ? Ainsi, chacun s'ingénie-t-il à offrir au regard des autres une façade acceptable, ou pour le moins lisse et intelligible, mais si l'on prenait la peine de nous retourner la peau sans doute apercevrait-on là-dessous tout un désordre de contrariétés et de pensées embrouillées. L'existence, au grand dam de Léona, manque parfois de simplicité. Ou peut-être est-ce nous qui nous posons trop de questions ? Ainsi, maintenant qu'elle a presque entièrement cerné de coton gris brun et beige cette tête de mineur, elle ne laisse pas de s'interroger sur son visage. Que n'est-il plus bouffi, plus aplati, et surtout plus rougeaud, plus gorgé de vie et de désir ? Que ne ressemble-t-il un peu plus à cette gueule de boxeur qui occupe l'essentiel de son esprit ? Si le ciel, comme par miracle, venait à s'entrouvrir entre ses doigts, peut-être baignerait-il d'une lumière plus crue — et plus vraie — le motif représenté au centre du canevas ? Oui. Mille fois oui. Si les éclairs en rafales lacéraient la nuée, et si le tonnerre se mettait à gronder sans relâche, pire qu'une patrouille de bombardiers aux pires moments de la guerre, peut-être apercevrait-elle enfin — promis à la piqûre incessante de son aiguille — le faciès libidineux de Caudron (là où n'apparaît pour l'heure qu'une pâle copie du visage de son mari). Peut-être devinerait-elle en surimpression sur la toile la figure allongée, presque britannique, de Monsieur Alphonse. Ou peut-être verrait-elle se superposer, dans un éblouissement, les visages des centaines de blessés et de malades qu'elle avait accompagnés dans la douleur et dans la mort.

Cette fois-là, en plein ciel, elle avait bien cru mourir. C'était l'été dernier, alors qu'elle rentrait pour la seconde fois de Roumanie. L'avion de ligne, pris dans un orage de grêle au-dessus des Carpates, avait commencé à être chahuté par de fortes turbulences (comme si le pilote avait soudainement perdu le contrôle des commandes). Sous l'effet des violents courants ascendants et descendants, la carlingue de l'appareil semblait par instant se tordre et des bruits inquiétants — de drôles de plaintes métalliques — envahissaient l'habitacle. Instinctivement, Léona avait porté la main à sa poitrine et serré dans le creux de sa paume, par pure superstition, le petit médaillon en or qui y pendait. Ses lèvres s'étaient mises à remuer, mais aucune prière n'était parvenue à s'en extraire. Par le hublot, l'ancienne infirmière surveillait à présent les éclairs qui, à hauteur d'aile, zébraient l'épais coussin de nuages — le soleil, qui jusqu'alors les accompagnait, s'étant définitivement absenté du ciel. Elle avait ressenti au niveau du cœur un pincement alarmant, puis sa gorge s'était nouée jusqu'à l'étouffer. Autour d'elle, des femmes criaient et d'autres pleuraient. Un homme avait prétendu que la foudre menaçait de frapper leur avion, et l'une des hôtesses de vol lui avait alors répliqué que l'on ne risquait rien de ce côté-là. Les membres du personnel de bord, en équilibristes confirmés, parcouraient sans relâche la travée centrale et se penchaient vers les plus angoissés pour tenter de les calmer. Au premier trou d'air, Léona avait saisi la main de sa voisine, puis détourné la tête pour tenter d'apercevoir Monsieur Alphonse qui voyageait quelques rangées plus loin (ils n'avaient pas osé, ni l'un ni l'autre, faire modifier leurs billets au départ de l'aéroport de Constanța).

À présent qu'elle plante son aiguille dans le coin supérieur droit de la toile, Léona respire beaucoup mieux. Elle en a terminé, enfin, avec ce maudit ciel. Certes, l'ancienne infirmière n'a pas procédé de manière très logique, s'ingéniant à broder du bas vers le haut, depuis l'horizon, s'attaquant en premier lieu à la portion nuageuse qui fait face au personnage, puis à celle plus étroite à laquelle il tourne le dos. Comme si elle cherchait de cette façon à emprisonner au plus tôt la silhouette du mineur dans un carcan de coton (pour mieux maintenir peut-être cette figure d'homme à sa merci). C'est sans doute un effet pervers de la lumière, un jeu d'ombres qui vient souligner l'épaisseur de tous ces demi-points alignés, mais Léona a l'illusion par instants de percevoir le relief des nuages — et quand elle plisse les yeux, elle parvient même à les voir s'animer. Elle a hâte de faire constater à Caudron l'avancée de son travail, lui qui se moque chaque fois de ses occupations de vieille femme (ce à quoi elle lui rétorque qu'il faut bien qu'elle trouve à se distraire entre chacune de ses visites, d'un mercredi à l'autre). Daniel, son fils, ne comprend pas plus l'intérêt qu'elle porte à un tel passe-temps. Mais face à lui, elle se contente de hausser les épaules. Elle hésite à entamer sans attendre le coin inférieur gauche du canevas, là où commence cette lande désolée à laquelle l'artiste qui a conçu le dessin semble résumer le paysage minier. Comme si après avoir erré en plein ciel, ballottée de part et d'autre, elle hésitait encore à reprendre contact avec le sol.

Ici commence le noir pays des ombres

Pour bien comprendre ce pays et ceux qui y vivent, il faut avoir pénétré au moins une fois au cœur de ses entrailles. C'est à l'initiative de Caudron, qui allait mettre fin peu après à leur liaison, que Léona était descendue au fond de la fosse du 2 bis, à Marles, travestie en homme. Elle s'était enfoncée à plusieurs centaines de mètres sous la terre, empruntant une cage exiguë remplie d'hommes hilares (elle n'oublierait jamais la vitesse effrayante à laquelle ils avaient été projetés dans l'obscurité ni le cri de surprise qu'elle avait alors poussé). Une fois parvenus dans la galerie de roulage, ses compagnons avaient allumé la lampe électrique de leur casque en plastique puis s'étaient dispersés, à l'exception toutefois du chef porion chargé de l'accompagner. L'infirmière ne savait plus où porter le regard. Les pinceaux de lumière semblaient partout absorbés par le charbon des parois, animant le minerai d'un éclat presque surnaturel. On se serait cru dans un four, ou à proximité de la bouche d'un volcan, tant la température était devenue tropicale. Léona avançait à moitié courbée, dans le sillage de son guide, peinant à soulever le poids de ses lourdes bottes ferrées. Elle commençait à étouffer sous la veste et le pantalon qui comprimaient ses chairs et ses mouvements. À un moment, l'homme s'était retourné, lui faisant signe d'ôter les lunettes et le masque de protection dont on avait cru bon de l'affubler. En définitive, elle n'avait pas vu ni compris grand-chose au cours de cette expédition. C'est tout juste si elle avait aperçu ici et là, dans les tailles, des hommes au torse luisant et nu occupés à piquer la veine, tandis que d'autres remplissaient les berlines de charbon puis les poussaient à travers les galeries. Le chef porion, récitant son petit laïus, lui avait expliqué que des milliers de femmes avaient autrefois été employées au fond, jusqu'à ce qu'une loi vienne l'interdire en 1874 (pour des raisons de pénibilité certes, mais également à cause de la promiscuité malsaine qui s'établissait avec les hommes). Quand elle était remontée à la surface, la maîtresse de Caudron avait porté sur le carreau un regard différent, peut-être plus enclin à la bienveillance, puis elle s'était raclé la gorge, se forçant à tousser. Comme si tout son organisme, soumis pour une fois aux conditions de vie des malades qu'elle soignait, cherchait à expectorer sans attendre la poussière grasse qu'il venait d'inhaler.

Depuis, quand elle feuillette les numéros du magazine *Relais*, distribué gratuitement par les Houillères, elle scrute avec plus d'intérêt les photos des mineurs au fond de leurs fosses, préférant s'arrêter chaque fois sur les photos en noir et blanc des pages intérieures — plus conformes à ses souvenirs —, plutôt que sur les clichés en couleurs affichés en couverture. Léona se souvient plus précisément d'une photographie sur laquelle elle était tombée il y a quelques mois : celle de l'acteur Jean Marais, prise alors qu'il visitait un puits en activité. Chaussé des lourdes bottes et vêtu de l'habit de mineur qu'elle avait elle-même portés, on le voit s'avancer à demi voûté vers l'objectif. D'une main, il effleure la paroi de la galerie, et de l'autre il prend appui sur son genou pour assurer sa progression. Il apparaît tellement préoccupé de se maintenir en équilibre sur le sol recouvert d'éboulis qu'il baisse les yeux, sans même s'inquiéter du photographe. Une drôle de moue déforme le bas de son visage, comme s'il cherchait à faire bonne figure, malgré la situation inhabituelle dans laquelle il se trouve plongé (et qui pourrait très bien s'apparenter à une scène de film). L'homme qui se tient en arrière-plan, en partie noyé dans l'ombre, ne manque pas quant à lui de relever la tête. Ce n'est pas tous les jours qu'on a la chance de se faire photographier en compagnie d'une vedette de cinéma. Qu'est-ce qui a retenu à ce point l'attention de Léona, hormis l'identité de celui qui occupe le centre de l'image ? N'est-ce pas plutôt la maladresse dont l'acteur fait montre, et à laquelle à posteriori elle s'identifie ? À croire que les hommes qui font profession de descendre au fond des puits n'appartiennent plus à notre monde, qu'ils acquièrent de cette façon un statut supérieur au nôtre. Aussi, quand nous prenons la peine de les imiter — ne serait-ce qu'à l'occasion d'une visite d'agrément —, nous nous exposons sans le savoir au ridicule de notre condition. Aux yeux des authentiques mineurs, nous passons au mieux pour des êtres fragiles, affaiblis par un trop-plein de lumière, au pire pour des touristes en mal de sensations.

Léona plante son aiguille dans la terre, puis la plante à nouveau, progressant avec peine. Chaque fois qu'elle voit le fil de coton s'enfoncer dans une nouvelle perforation, chaque fois qu'elle le voit resurgir par une autre, chaque fois qu'elle exerce une traction sur son aiguillée pour serrer le demi-point qu'elle vient d'exécuter, elle a le sentiment de labourer en pure perte un champ laissé à l'abandon. On croirait une maladie, une lèpre ou un cancer, occupée sans relâche à gagner du terrain. Comme si le paysage entier, depuis la plaine environnante jusqu'à l'horizon planté de terrils se recouvrait pour plusieurs siècles de schistes et de résidus brunâtres. Plus rien ne pousse. Toute trace de végétation semble avoir été à jamais éradiquée. L'ancienne infirmière frissonne et jette un œil à la pendule. Aujourd'hui, c'est mercredi, et Caudron ne va pas tarder à arriver. Elle se lève pour aller chercher la bouteille de porto dans le réfrigérateur (qu'elle a remisé dans la pièce du milieu, avec la télévision, le classeur à volets roulants de François et une machine à coudre dont elle ignore le fonctionnement). Puis elle s'aventure jusqu'à la pièce de devant, pour extraire du vaisselier — ou plus précisément du buffet bas qui en fait office — le petit verre en cristal que le médecin affectionne. Quand le gros pousse sans ménagement la porte de sa cuisine, Léona lui trouve aussitôt un drôle d'air. Quelque chose, à l'évidence, le chagrine. L'homme prend à peine le temps de s'asseoir, que déjà il se met à souffler. — *Je viens de rompre avec la petite Gruson. C'est la dernière fois que je prends une maîtresse, tu peux en être sûre.* Léona lui demande ce qui se passe, et l'autre s'embrouille à lui expliquer qu'il se fait vieux et qu'il a de fait de plus en plus de mal à bander. — *C'est elle qui ne sait pas s'y prendre. Tu veux que je t'examine?* Caudron, avec l'air d'émerger d'un mauvais rêve, secoue mollement la tête en signe de dénégation, puis avale son verre. Se saisissant de la bouteille pour se resservir, il pose un regard absent sur le canevas abandonné sur le coussin du fauteuil à bascule. Ses lèvres tremblent et il se surprend à murmurer, plus pour lui-même qu'à l'intention de son interlocutrice. — *On se fait vieux, tous les deux. Tu ne crois pas que l'on devrait raccrocher.*

L'exploitation de la fosse du 2 bis, celle où elle était descendue, s'est arrêtée en mars dernier (c'était le dernier puits en activité de l'ancienne Compagnie des mines de Marles, qui avait déjà abandonné quelques années plus tôt l'extraction du charbon dans les fosses d'Auchel et de Calonne-Ricouart). Depuis, Léona cultive une certaine nostalgie qui l'autorise à porter un œil parfois complaisant sur elle-même et sur cette période où elle courait du matin au soir, pour tenter de soulager les anciens mineurs atteints de silicose. Le plus souvent, les malades demeuraient cloués sur leur fauteuil, dans un état d'asphyxie quasi permanent. Ils ouvraient grand la bouche, s'ingéniant à faire ronfler l'air au fond de leurs poumons infestés de nodules, puis crachaient régulièrement — dans le bac de cendres déposé à leurs pieds — des mollards charbonneux qui conservaient longtemps un aspect brillant. Quand l'infirmière intervenait, mandatée par Caudron, c'était généralement pour enrayer des complications, soit pour soulager les douleurs causées par un pneumothorax, soit pour injecter des antibiotiques en cas de tuberculose. Elle rudoyait chaque fois ses patients, arguant avec sécheresse qu'elle agissait pour leur bien. Forçant un tel à se redresser, un autre à quitter son lit sans délai. Ouvrant d'autorité les fenêtres, même en plein hiver, prétendant que l'on agissait de même dans les sanatoriums (selon elle, les malades exilés en montagne étaient contraints de faire la sieste en plein air, même sous des températures négatives). Dès qu'une épouse lui tendait une radiographie, Léona l'agitait une seconde devant ses yeux, feignant de l'examiner. — *Oui, c'est bien comme le docteur a dit. Qu'est-ce que vous voulez de plus ?* De fait, elle n'y entendait rien. Puis elle quittait les lieux, sincèrement pénétrée du sentiment du devoir accompli (au moment de partir, elle précisait encore qu'il ne fallait surtout pas se laisser mollir si l'on entendait guérir).

Une nouvelle fois, Léona a délaissé son ouvrage pour feuilleter un ancien numéro de *Relais*. Elle s'attarde sur la photo d'un mineur menant par le licol un cheval à l'allure débonnaire, le long d'une galerie de roulage. On ne l'aperçoit pas, mais l'animal doit tracter une berline remplie de minerai. L'homme incline la tête et paraît harassé. À le voir ainsi, on croirait qu'il laboure inlassablement les entrailles de la terre, découragé de ne rien voir pousser sous ses pieds. Occupée depuis plusieurs jours à planter son aiguille dans une terre désolée, l'ancienne infirmière se sent pénétrée d'une lassitude assez équivalente. Elle voudrait bien atteindre sans tarder la ligne d'horizon, là où se dresse le carreau de mine, mais le courage, qui jusqu'alors la soutenait, à présent se dérobe. Mentalement, elle s'imagine parcourir plusieurs kilomètres sur un sol détrempé, avec l'espoir d'atteindre avant le jour les premiers bâtiments au pied du chevalement. Derrière les terrils, l'aurore commence à poindre, mais sur la toile perforée le soleil semble avoir renoncé pour toujours à se lever. Pour rejoindre le ciel, qu'elle a pourtant brodé avec tant de facilité, Léona n'est toujours pas au bout de ses peines. Si au moins — dans un premier temps — elle parvenait jusqu'à cette route qui serpente à travers champs, avant de se perdre dans la poitrine du mineur qui occupe avec aplomb le centre du canevas (lui, pour l'heure, elle préfère l'oublier, le rayer de ses pensées. Elle n'en peut plus de chercher à résoudre l'énigme de son visage). Oui. Si seulement, dans un premier temps, elle parvenait à rejoindre cette route. *En bas à gauche, en haut à droite, en bas à gauche, en haut à droite… jusqu'à ce ruban plus clair au tracé hésitant.*

On avait enterré là-dessous des milliers de mineurs, les poumons remplis de poussière de charbon. La Compagnie, sans ménager ses efforts et surtout ceux de ses hommes, avait fait creuser des puits, abattre des forêts, étayer des galeries, dresser des chevalements, ériger partout des monticules de schistes et construire à perte de vue des cités de briques rouges rapidement devenues noires. Pendant des décennies, ce pays avait taillé dans ses veines souterraines pour fournir à la France l'énergie qu'elle réclamait. Des hommes étaient descendus jour et nuit à plusieurs centaines de mètres sous terre, se relayant pour accroître encore les rendements de production que l'industrie exigeait. Certains n'étaient pas remontés. Les autres y avaient laissé leur santé. Léona se souvient que les veuves des malades qu'elle avait soignés se voyaient contraintes, le plus souvent, de faire exhumer les corps de leurs maris pour obtenir une pension de réversion un peu plus décente. En effet, seule une autopsie permettait — dans le meilleur des cas — de réévaluer un taux d'invalidité dû à la silicose que les médecins de la Compagnie avaient systématiquement minimisé du vivant des intéressés. François, heureusement pour elle, avait passé l'essentiel de sa vie professionnelle dans l'atmosphère plus saine des grands bureaux. Et comme ils avaient travaillé tous les deux, Léona recevait à présent largement de quoi vivre et économiser, tout en maintenant sous sa coupe son fils Daniel et sa famille. Ainsi, c'est elle qui avait fait construire le pavillon où ils habitaient. Elle qui avait acheté leurs voitures successives. Elle encore qui finançait les grosses dépenses auxquelles le couple et sa progéniture — un adolescent de dix-sept ans qui ne fichait rien à l'école — étaient confrontés.

Quand par extraordinaire il lui épargne ses confidences érotiques, Léona parle volontiers d'argent avec son ancien amant. Certes, elle n'entend pas traiter de la sorte d'égal à égal avec lui, mais au moins — en amenant la conversation sur le plan financier — elle espère partager un tant soit peu les préoccupations d'un milieu social qui n'est pas le sien. Elle détaille avec complaisance les sommes qu'elle prête à droite et à gauche, à des voisins et à des neveux, afin d'asseoir partout sa réputation et son pouvoir. Elle a également tendance à surévaluer les petits luxes qu'elle s'octroie, à commencer par ces voyages en avion qui rythment désormais son existence. Après avoir visité à plusieurs reprises la Roumanie, et la Bulgarie toute proche, elle projette à présent de découvrir les Baléares. Le gros docteur, qui prête une oreille distraite à ces considérations sans intérêt, pose néanmoins quelques questions pour se montrer agréable (ou plutôt pour faire valoir, à peu de frais, une fibre sociale qui lui fait naturellement défaut). Invariablement, il demande à son ancienne infirmière des nouvelles de son fils Daniel et de son travail — après tout, c'est lui qui lui avait obtenu cette place de laborantin qu'il occupe toujours à l'usine pétrochimique de Chocques. Il feint également de s'intéresser au parcours scolaire de Pascal, son petit-fils. Qu'ambitionne-t-il de faire dans la vie, maintenant qu'il s'apprête à passer le bac l'an prochain ? Léona prétend chaque fois que ce sont deux bons à rien. Qu'il n'y en a pas un pour racheter l'autre. Le premier végète, sans chercher à obtenir de l'avancement. Quant au second, il redouble sa première (il y a bien longtemps qu'elle n'exhibe plus avec fierté ses bulletins de notes, sous le regard médusé de Caudron). La dernière fois qu'ils ont eu ce genre de conversation, le docteur et elle, Léona n'a pas manqué de souligner, dépitée, que le père et le fils — pour une fois d'accord — se laissaient à présent pousser les cheveux.

Dans un vieux numéro du magazine *Relais*, qui se cachait au milieu de la pile, Léona a retrouvé la photographie du général de Gaulle qu'elle recherchait depuis un moment. Sur le cliché, on aperçoit l'homme providentiel du 18 juin 1940 qui s'avance, sans même courber la tête, le long d'une galerie de mine dont la hauteur excède de peu son légendaire mètre quatre-vingt-seize. À son passage, un mineur — qui mesure une bonne tête de moins que lui — s'est mis au garde-à-vous, le ventre rentré et les bras plaqués le long du corps. Nous sommes en 1959 et de Gaulle, qui a troqué son costume de président du Conseil pour un habit et un casque de circonstance, semble quelque peu surpris par tout ce qu'il découvre. On ne le sait pas encore mais la production de charbon, qui a atteint l'année précédente son point culminant, va désormais décroître. C'est la fin d'une époque. Les industriels puis les ménages vont se reporter peu à peu sur le gaz naturel, censément plus propre et plus performant. Délaissant sa lecture, l'ancienne infirmière ne peut s'empêcher de couver d'un œil attendri l'assiette souvenir accrochée au mur, dans la pièce du milieu. C'est la seule relique qu'elle a rapportée du pèlerinage effectué il y a trois ans, en autocar, à Colombey-les-Deux-Églises. Depuis, l'objet trône au-dessus de la télévision et, chaque fois qu'elle se surprend à observer l'effigie du général depuis la cuisine, Léona sent sa poitrine se soulever et un vide immense l'envahir.

Bien que son ouvrage n'avance pas, la semaine néanmoins est passée très vite. Nous sommes à nouveau mercredi. Quand le docteur arrive, avant même qu'il ne lui relate les derniers développements de ses démêlés avec la Gruson, Léona se met à parler de Monsieur Alphonse (ce qu'elle n'a jamais fait auparavant). Elle commence par dresser un portrait flatteur de son dernier prétendant en date, exagérant à dessein les différences qui distinguent les deux hommes. Ainsi insiste-t-elle sur l'extrême courtoisie et l'élégance naturelle du nouveau venu. C'est bien simple, on croirait un Anglais. Le gros Caudron enfonce la tête dans les épaules et grogne en avalant son porto. Son ancienne infirmière évoque avec un demi-sourire la première nuit qu'elle a passée avec l'ancien contrôleur de gestion — oui, parfaitement, il était contrôleur de gestion —, dans l'hôtel où ils étaient descendus tous les deux, à Mamaïa, en Roumanie. Léona laisse alors entendre que les choses se sont passées de manière un peu moins expéditive qu'autrefois, lorsqu'ils s'enfermaient, le docteur et elle, dans le petit cabinet du dispensaire de la Compagnie. Quand Caudron, soudain tout émoustillé, exige d'en savoir plus, la sexagénaire se tait — mais son sourire cette fois en dit long. Certes, elle ne cherche pas à éveiller la jalousie de son ancien amant — elle n'est pas à ce point idiote —, mais si elle peut susciter chez lui une forme de désir, ne serait-ce que de la simple curiosité, elle a toutes les raisons d'être satisfaite. Le gros se ressert un porto et se frotte les mains par avance, en signe de satisfaction. Sans transition, Léona oriente la conversation sur son canevas qui, sans qu'elle sache trop bien pourquoi, à présent lui tombe des mains, et Caudron — pour une fois compatissant — lui avoue que pour lui, c'est pareil. — *Depuis que j'ai renoncé à mes petites escapades avec mon infirmière, je ne vois plus le jour.*

Quand elle plante enfin son aiguille dans les premières lueurs de l'aube, en arrière-plan du chevalement, Léona se sent quelque peu soulagée. Cela fait du bien un peu de couleur, surtout après toute cette désespérance qu'il lui a fallu broder, demi-point par demi-point. Sous ses doigts, le fil orange lui rappelle les flammes dans l'atelier de son père. Il s'appelait François, comme son mari, et avait été le dernier maréchal-ferrant de Marles. Elle le revoit chaussant ses petites lunettes rondes sur son visage épais, un accessoire dont la fragilité cadrait mal avec sa carrure de débardeur. Un instant elle croit percevoir dans l'air l'odeur de corne brûlée qui se répandait dans la rue Pasteur chaque fois qu'il ferrait un cheval de mine. Il avait paraît-il une façon bien à lui de s'y prendre avec les bêtes, les équidés comme les bovins de trait. François Berroyez. Sa réputation était telle que l'on venait de loin pour réclamer ses services (et ce n'est sans doute pas un hasard si son épouse, Amélia, avait fini par ouvrir — attenant à la forge — un hôtel-pension-restaurant). François Wattez, le défunt mari de Léona, entretenait quant à lui un rapport bien différent avec les chevaux, depuis que sa sœur aînée avait péri sous les sabots d'un percheron. Au moment de l'accident, sa mère, qui était alors enceinte de lui, s'était frappé le bras en poussant un cri d'impuissance et de colère. — *Mon Dieu!* Si bien qu'à la naissance le bébé portait sur le bras gauche, à l'endroit précis où sa mère s'était elle-même frappée, un carré de peau de cheval, déjà pourvu de crins. Pourquoi n'a-t-elle pas brodé l'aurore qui pointe en même temps que le ciel? Sans doute parce qu'elle était alors concentrée sur les gris bruns et les beiges des nuages. En caressant le fouillis de fils orange à l'arrière du canevas, Léona a soudain le bout des doigts qui lui brûle.

Comme tous les samedis, elle fait chauffer de l'eau sur la cuisinière en prévision de sa grande toilette, puis elle dépose sur le sol — juste devant l'évier — sa petite bassine en émail. En faisant passer sa chemise de nuit au-dessus de sa tête, Léona a le sentiment cette fois de ramener au jour toute la poussière de charbon qu'elle a soulevée et avalée sans discontinuer (pendant tout ce temps interminable où elle était occupée à broder cette maudite parcelle de terre, abandonnée au bas de son canevas). Sans attendre, elle plonge les pieds dans l'eau brûlante, et c'est comme si — d'un seul coup — elle trempait tout son corps gigantesque dans le minuscule récipient. Régulièrement elle s'agenouille pour gorger son éponge de liquide puis, se relevant à la hâte, elle la presse au-dessus de ses cheveux, bienheureuse enfin de sentir s'écouler l'eau jusqu'à ses chevilles. Elle se frotte vigoureusement les seins et les hanches, se caresse le ventre, puis s'abaisse à nouveau pour recommencer. Jamais encore elle n'avait ressenti, à ce point, un tel besoin de se purifier. Quand elle baisse les yeux, Léona découvre son corps baigné de lumière, et elle s'aperçoit trop tard qu'elle a oublié de tirer les rideaux devant la fenêtre. À cet instant, l'ancienne infirmière songe à Monsieur Alphonse, au soin extrême qu'il avait pris à la déshabiller puis à la caresser au cours de leur première nuit à Mamaïa. Jamais auparavant, elle ne s'était sentie faire l'objet d'une semblable vénération. Il l'avait embrassée aux endroits les plus insolites, mais aussi les plus attendus, tout en murmurant sans suite des mots que l'on n'avait jamais prononcés à son endroit. Entre les mains de cet homme, elle avait cru fondre, littéralement, et elle n'est plus sûre aujourd'hui d'avoir vraiment aimé cela. Pas totalement en tout cas. Tandis qu'une part d'elle s'abandonnait au plaisir, une autre déjà cherchait à se rebeller (pour un peu, elle aurait bien demandé à l'ancien contrôleur de gestion de s'activer avec un peu plus de conviction). Après s'être séchée, Léona oublie de remettre sa chemise de nuit, et c'est entièrement nue qu'elle monte l'escalier pour aller s'habiller. À ce moment-là, elle pense à François, à cette façon qu'il avait d'ôter son pyjama avant de se coucher, les soirs où il désirait qu'elle s'occupât de lui. Plus tard, quand elle enfile son soutien-gorge devant la glace de l'armoire, rajustant d'un geste brusque les armatures sous les seins, elle pense davantage à Caudron (et bientôt elle sent flotter dans l'air un insistant parfum de brillantine).

Étranger, qui t'a donné ces vêtements ?

À présent qu'elle brode ce bleu de travail, un demi-point après l'autre, Léona songe à son fils et à la chance qu'il a eue de trouver cette place de laborantin à l'usine Kuhlmann de Chocques (en 1975, on parle désormais du groupe Pechiney-Ugine-Kuhlmann (PUK), mais l'ancienne infirmière préfère s'en tenir à la première appellation). Oui. Daniel peut vraiment remercier le docteur Caudron qui avait su faire jouer ses relations pour le faire embaucher peu après son mariage désastreux, à son retour de l'armée (dès qu'il avait appris que l'équipe de l'usine manquait justement d'un attaquant, le gros s'était empressé d'aller vanter auprès de la direction les qualités de footballeur du jeune homme). Il s'en était fallu de peu que ce bon à rien ne finisse en bleu de travail, alors que son père avait été un col blanc toute sa vie, et que ses grands-parents maternels avaient exercé les métiers d'artisan et de commerçante. Caudron avait d'abord réussi à placer Daniel comme préparateur, à la pharmacie des quatre chemins, à Auchel. Il lui avait ensuite décroché ce travail, un peu mieux rémunéré, et surtout plus propice aux évolutions de carrière (d'autant que l'intéressé avait maintenant deux bouches à nourrir). Dans les deux cas, dans l'arrière-boutique de la pharmacie puis devant les paillasses du laboratoire d'analyse qui l'employait désormais, le fils unique de Léona avait revêtu la même blouse blanche — ce qui lui avait en quelque sorte permis de sauvegarder, du moins en apparence, le statut social de sa famille. Le seul problème avec Kuhlmann, c'était la pestilence des produits chimiques qu'on y produisait, et la persistance des odeurs qui imprégnaient les vêtements de ceux qui les fabriquaient ou qui les contrôlaient. Ainsi Daniel trimbalait-il partout avec lui — il arrivait même parfois que cette infection le précède — un détestable relent d'œuf pourri, ou plus exactement de sulfure d'hydrogène. Léona se souvient que son fils, quand il venait leur rendre visite peu après son embauche en 1959, parvenait chaque fois à faire fuir le chien Mickey à la seule approche de son odeur (l'animal se soumettant, en quelque sorte, à une puanteur plus forte que la sienne).

À la radio, on parle surtout de récession et de chômage. À la télévision, le soir, c'est pareil. La production industrielle dans notre pays serait en chute libre, et l'inflation serait sur le point de franchir la barre fatidique des 15 %. Selon les commentateurs, la France connaîtrait une situation de récession sans précédent depuis la guerre. Les queues s'allongeraient devant les agences nationales pour l'emploi et le chômage de masse serait en passe de s'installer durablement. Le budget de l'État, qui jusqu'alors était excédentaire, pourrait bien — pour le première fois — devenir déficitaire. Une information toutefois retient l'attention de Léona, à l'énoncé de laquelle elle demeure particulièrement dubitative (vu qu'elle n'entend rien aux mécanismes de régulation des taux de change entre les pays membres de la Communauté économique européenne) : *le franc s'apprêterait à rejoindre à nouveau le serpent monétaire européen.* L'ancienne infirmière se promet de réclamer de plus amples explications à Caudron, tout comme elle entend lui demander conseil pour certains placements qu'elle a en tête. Doit-elle revendre ses louis d'or dont la valeur est actuellement à la hausse, ou au contraire doit-elle en acheter de nouveaux, en espérant que le cours s'emballe ? Comment savoir ? C'est bien simple, depuis que le général a cédé le pouvoir il y a cinq ans, tout semble partir à vau-l'eau dans ce pays. Léona n'a aucune confiance dans ce Giscard d'Estaing, encore moins depuis qu'il a abaissé la majorité civile à dix-huit ans.

Quand elle plante son aiguille dans la poitrine du mineur, Léona voudrait bien le voir sursauter. Avec un pincement au cœur, elle se souvient des grèves et des insurrections de l'immédiat après-guerre dans le bassin minier, à l'époque de Vincent Auriol (quand l'armée et les blindés avaient défilé dans le centre de Marles pour tenter de ramener à la raison les plus déterminés). L'ancienne infirmière ne sait plus quoi penser, ni vers quel bord pencher. Certes, elle n'a jamais eu beaucoup de sympathie pour ces « énergumènes » de communistes — en 1948, non contents de tenir les piquets de grève dans les fosses alentour, ils avaient également saboté des voies ferrées et fait dérailler des trains. Mais, dans le même temps, elle avait dû soigner un nombre considérable d'entre eux, victimes de violences policières que rien ne justifiait à ses yeux. Lors de la grève de 1963, le général de Gaulle, lui, avait su reculer, octroyant aux fédérations de mineurs une part importante de l'augmentation salariale qu'elles réclamaient. Il y a trop de plis dans ce vêtement, trop de couleurs différentes. Léona doit passer sans relâche du bleu au gris foncé, du gris foncé au gris clair, et parfois du gris clair au presque blanc (toutes ces complications l'obligeant à garder à portée de main jusqu'à quatre écheveaux de fil de coton). De plus en plus, elle a le sentiment de passer tout son temps à nouer les nouveaux fils aux plus anciens — comme si l'enchevêtrement au dos du canevas, en gagnant en épaisseur et en complexité, cherchait à prendre l'ascendant sur le sage ordonnancement des demi-points qu'elle s'ingénie à broder de l'autre côté. C'est pourtant vrai que l'existence manque de simplicité, surtout quand on se hasarde à aborder le sujet de la politique. Ou alors, c'est elle qui se pose trop de questions. Quand elle plante son aiguille dans la poitrine du mineur, Léona aimerait bien cette fois l'obliger à réagir. Il pourrait au moins se fendre d'une grimace, ça l'aiderait à savoir quoi penser. Elle ne peut tout même pas passer sa vie à solliciter l'avis de Caudron pour tout et n'importe quoi.

Et François, son mari, qu'avait-il pensé de tout cela? De toute cette agitation et de cette violence ? Lui qui, y compris dans l'intimité de leur foyer, n'ôtait presque jamais sa veste de tweed et son pantalon à pinces (ne parlons pas de sa cravate). C'est bien simple, dès qu'il s'asseyait à la table de la cuisine, près de la fenêtre, il ressemblait aussitôt à un expert-comptable en exercice derrière son bureau. Il semblait bien loin alors de partager les revendications des mineurs en colère. Oui, en ce qui le concernait, les choses n'étaient pas si compliquées. C'est finalement ce que pense Léona, aujourd'hui. François Wattez, alias « Procore », était devenu gaulliste pendant la guerre et, par la suite, il l'était resté. Fort heureusement pour lui, il était mort en février 1968, quelque mois seulement avant les fameux événements. Il n'avait donc pas été témoin de la contestation du pouvoir par les étudiants, ni assisté l'année suivante à la démission du général. Pendant les grèves de 1948 et de 1963, il avait plongé chaque fois le nez dans ses tableaux comptables, préférant ne pas se prononcer sur des revendications auxquelles — secrètement — il n'était pas opposé (d'autant que Caudron, le médecin qui employait sa femme, avait quant à lui adopté une position contraire). François, qui troquait parfois son veston pour un gilet d'intérieur en laine, avait toujours pris soin de son apparence, par souci de ne pas se démarquer, par convention sociale, plus d'ailleurs que par vaine coquetterie. Fils de cheminot, il avait adopté une fois pour toutes les codes vestimentaires de sa nouvelle classe sociale. Ainsi, sur les photos de vacances que Léona conserve précieusement dans une mallette de voyage, il apparaît le plus souvent en cravate, même au pied d'un torrent, même en train de pêcher à la ligne. Il n'y a que sur certains clichés pris en plein été, à Mandelieu, aux abords du centre de congés des mineurs de La Napoule, sur les rives de la Méditerranée, qu'il se laisse surprendre une fois ou deux en short et en chemisette (mais là encore, il ne parvient pas à se départir de son sérieux).

Elle n'a rien vu du printemps qui, cette année, a bien du mal à se dégager des frimas de l'hiver. L'été approche, les jours rallongent, et elle voudrait à tout prix terminer son canevas avant de partir en septembre pour les îles Baléares. L'après-midi, quand elle ne brode pas, Léona feuillette indifféremment des magazines ou des journaux, puisant à l'aveugle dans la pile posée sur la chaise, à portée de main de son fauteuil à bascule. Outre les numéros du magazine *Relais*, elle a entassé là des dizaines de romans-photos et un peu de presse à scandale. Sans trop vouloir s'avouer pourquoi, l'ancienne infirmière affiche une préférence pour les histoires à l'eau de rose contenues dans *Nous Deux* — peut-être parce qu'on y découvre des jeunes femmes de moindre condition occupées à conquérir le cœur d'hommes socialement supérieurs (des journalistes, des avocats, des attachés d'ambassade, des chirurgiens et des docteurs). Chaque fois que son regard s'attarde sur l'image d'un couple qui s'embrasse, elle soupire, de peur que le vide n'envahisse sa poitrine. Quant aux vieux numéros de *France Dimanche* et d'*Ici Paris*, c'est sa femme de ménage, Andrée, qui les lui donne une fois qu'elle les a lus. *Mireille Mathieu, hospitalisée en secret. L'enfant caché de Claude François. Pas un sou pour Jackie (Onassis l'a déshéritée!).* Léona, qui au fond se moque bien de tous ces gens, prend néanmoins un malin plaisir à pénétrer leur l'intimité pour y découvrir des failles, des faiblesses, qu'elle était loin de soupçonner. Elle se montre également friande des petits potins salaces qui alimentent la chronique mondaine. Parfois, elle se demande si elle ne devrait pas avoir un peu honte de ses lectures (qui ne sont pas très éloignées, en somme, des péripéties romanesques qui agitent le docteur Caudron et sa dernière favorite en date, la Gruson). Évidemment, tout cela n'a pas la portée littéraire des ouvrages que pouvait lire François — des ouvrages qu'il empruntait pour l'essentiel à la bibliothèque de Marles. Maintenant qu'elle y pense, il doit encore se trouver quelques volumes oubliés dans le classeur à tiroirs de la pièce du milieu. Une anthologie des poèmes de Victor Hugo, un vieil exemplaire de l'*Odyssée*, quelques romans de science-fiction et plusieurs policiers. Léona s'est toujours demandé comment on pouvait de la sorte passer tout son temps à lire, sans bouger. Elle se rappelle que lorsqu'elle partait en vacances avec François, celui-ci s'enfermait parfois des après-midis entières avec un livre, ne sortant que pour s'acheter des cigarettes.

Où es-tu ? Que fais-tu ? Est-ce que j'existe encore pour toi ?... La nouvelle chanson de Joe Dassin, *L'Été indien*[1], passe désormais plusieurs fois par jour sur les ondes de Radio Luxembourg (et cela, invariablement, l'amène à penser à Monsieur Alphonse). Léona, qui vient d'achever de broder le bleu du mineur, s'attaque à présent au foulard qu'il porte autour du cou — parlons-en un peu de ce foulard. Qui donc, parmi ses anciens malades, aurait eu l'idée de porter ce genre de cache-col pour descendre au fond de la mine? Les tons clairs et les couleurs criardes, ce n'est pas ce que l'on choisit habituellement quand on s'apprête à se salir et se couvrir de charbon. Certes, l'ancienne infirmière comprend qu'une note de couleur était devenue nécessaire pour égayer un peu le canevas, mais franchement de l'orange, avec un tel accoutrement le personnage ressemble davantage à un touriste qu'à un travailleur de force. Un touriste. Cette association d'idées, invariablement, ramène Léona à l'*Été indien* et à Joe Dassin, et donc à Monsieur Alphonse. *Et je me souviens, je me souviens très bien de ce que je t'ai dit ce matin-là. Il y a un an, y a un siècle, y a une éternité.* C'est vrai que le temps

1 *L'Été indie*n est l'adaptation d'une chanson italienne sortie en juin 1975. Les paroles françaises sont signées Pierre Delanoé et Claude Lemesle.

— entre eux — à plutôt une fâcheuse tendance à se distendre, depuis que Daniel, son fils, a mis le holà à leur projet de mariage (pour une sombre question d'héritage). Peu après sa demande officielle, l'ancien contrôleur de gestion avait bien passé quelques nuits à Marles, et elle quelques nuits chez lui, à Loison-sous-Lens. Mais après l'esclandre de Daniel, ils avaient veillé à prendre leur distance (ce qui ne les avait pas empêchés de poursuivre leur correspondance ni de projeter de se retrouver en septembre aux îles Baléares). À chaque fois qu'elle pique son fil orange dans le cou du mineur, Léona songe au soleil de Palma de Majorque qui, bientôt, leur réchauffera la peau. Elle sent vibrer sa gorge, comme sous le coup d'une émotion dont elle ignorait jusqu'alors l'existence.

C'est le soir surtout que Léona déteste son fils. Allez savoir pourquoi ? Il se dégage de sa chair, vers la tombée du jour, une odeur fade comme la mort qui attise sa rancune. Elle lui en veut — à cet avorton — de lui avoir malmené le ventre avec les poings, mordu les tétons et tiraillé l'intérieur des seins. Elle ne lui pardonne pas — et c'est là, sans doute, le pire grief qu'elle nourrit à son encontre — de s'être tout ce temps accroché à elle pendant les trop longues années de guerre. Ce n'est pas faute pourtant de le lui avoir dit, mais elle aurait tellement préféré que ce soit la petite fille, avant lui, qui survive. En chemise de nuit et en robe de chambre, Léona tente d'éliminer à petits coups de lame de rasoir la corne sous ses pieds, tandis qu'elle jette un œil distrait sur l'écran de la télévision. La petite déjà, il avait fallu l'arracher aux forceps — et le médecin d'Auchel, incapable de l'extraire, avait fini par lui écraser le crâne. On avait alors reproché à la jeune mère d'être trop étroite, ce qui n'était pas courant pour une femme de son gabarit. Avec Daniel, le même médecin avait également utilisé la pince, mais cette fois-ci tout s'était déroulé sans incident. Malheureusement, c'était un garçon (on a toujours plus de soucis avec les garçons). Sur la première chaîne, le nouveau présentateur affiche sur l'écran des yeux de chien battu. L'ancienne infirmière n'aime pas beaucoup ce ton alarmiste qu'il prend en toutes circonstances, que ce soit pour commenter l'inflation, relater les derniers méfaits du terroriste Carlos, ou encore revenir — comme à cet instant — sur la défaite du RC Lens face à l'AS Saint-Étienne en finale de la Coupe de France de football. C'est bien simple, elle a chaque fois l'impression d'entendre son fils occupé à se plaindre. Si Daniel n'est définitivement pas heureux avec sa femme, alors qu'il la quitte, au lieu de venir se lamenter à tout bout de champ (sa petite cuisine n'est tout de même pas le bureau des pleurs et des récriminations). Soudainement irritée, Léona commet un faux mouvement et s'entame la plante du pied avec sa lame, recueillant sans attendre le sang au bout de son doigt pour pouvoir le goûter.

Quand elle plante son aiguille dans la lampe électrique, fixée sur le casque du mineur, elle pense presque immédiatement à l'œil du cyclope[2]. Assez bizarrement, Léona se souvient de ses lectures à l'époque de l'institution Sainte-Austreberthe, à Montreuil-sur-Mer, quand la pleurésie l'avait obligée à demeurer alitée plusieurs semaines de suite. Tout lui revient. Le géant Polyphème dans sa caverne, avec son troupeau de chèvres et de brebis. Cette façon soudaine qu'il avait eu de se jeter sur les compagnons d'Ulysse, de leur déchiqueter le corps membre à membre, avant de les dévorer entièrement. Les entrailles, la viande, la moelle et les os. Certains détails sont demeurés gravés très précisément dans sa mémoire. Comment Ulysse, pour se venger, avait taillé un tronçon d'olivier, gros comme le mât d'un bateau. Comment il avait fait durcir au feu la pointe de son pieu, avant de la ficher enflammée dans l'œil rond du monstre. Elle croit apercevoir encore la vapeur qui s'échappe de la prunelle en flammes du cyclope — et elle se rappelle que cette description saisissante, dans le livre d'Homère, lui avait fait songer aussitôt à son père (c'était la même vapeur qui envahissait la forge de la rue Pasteur quand, pour tremper le métal, le maréchal-ferrant plongeait les fers rougis dans l'eau froide du bain). Léona pique et repique avec rage dans le gros œil frontal du mineur dont elle ne veut pas affronter le visage. Peu lui importe à présent de devoir changer sans arrêt de couleur de fil, tant le motif de la lampe se révèle complexe sous son aiguille. Le ressentiment qui l'anime, et dont elle ignore au fond la raison — une colère aveugle, en quelque sorte —, lui redonne à point nommé l'énergie qui lui manquait pour finir son ouvrage (et, en définitive, c'est tout ce qui compte).

2 L'*Odyssée*, Homère, Chant IX (231-412).

Maintenant qu'elle a achevé de broder le casque et son cordon électrique, elle prend plaisir à évaluer du plat de la main la régularité de son travail (les demi-points, qu'elle a assemblés patiemment pendant de longs mois, paraissant constituer sous sa paume les mailles épaisses d'un même tissu — où se dessine désormais en creux l'emplacement d'un visage). Léona ne peut plus se dérober plus longtemps. Il lui faut affronter ce masque aux traits changeants, et tenter peut-être de percer son mystère. Pour l'heure, la figure se tient en retrait — au second plan du canevas —, comme étrangère à la situation dans laquelle elle se trouve emprisonnée. À croire que le personnage, au centre de l'image, a emprunté des vêtements et un attirail qui ne lui appartiennent pas, et qu'à présent il le regrette. Ce mineur, qui est-il vraiment ? À l'observer de la sorte, avec une fixité qui brouille son regard, l'ancienne infirmière a le sentiment qu'il adopte soudain plusieurs identités — comme s'il souhaitait au fond n'en revendiquer aucune.

Je m'appelle Personne, et Personne
est le nom que mes parents et tous
mes autres compagnons me donnent…

— *Mais qu'est-ce que tu as, aujourd'hui ?* Léona, qui fixe le gros docteur d'un regard vide, n'ose pas lui faire part de son abattement et de la confusion qui en est la cause. De temps à autre, à la dérobée, elle jette un œil morne sur le canevas qui gît, retourné, sur le coussin du fauteuil à bascule. L'intérieur de son crâne ne ressemble à rien d'autre. Ce méli-mélo de nœuds, cet enchevêtrement de fils de toutes les couleurs. Voilà plusieurs jours déjà qu'elle tente d'affronter ce qu'elle ne veut pas voir. La première fois elle a commencé sous le menton, elle s'est ensuite attaquée à la nuque, puis au front, et enfin au nez. Elle a même tenté l'oreille en désespoir de cause. Et chaque fois, à la nuit tombée, elle a défait le travail de la journée. Comme si tous ces demi-points, grossièrement alignés, échouaient à restituer la complexité des traits et l'expression de ce visage. Comme si elle avait soudain perdu la main. Et par-dessus le marché, à force de faire et de défaire son ouvrage, l'ancienne infirmière en est venue à douter de l'unité même de cette figure de mineur plantée au milieu de la toile — comme si elle avait été reconstituée à partir de détails disparates appartenant à des individus différents (à l'image de ces portraits-robots que les policiers s'ingénient à recomposer, dans les séries américaines qu'elle regarde parfois à la télévision). Léona, toujours immobile, les reins calés contre le bac en céramique de l'évier, regarde Caudron qui va et qui vient dans la cuisine, désorienté par une situation si peu conforme à leurs habitudes. On croirait qu'il va se saisir d'un objet pour le jeter à terre — la petite casserole en émail bleu dont le manche dépasse au coin de la cuisinière, ou encore le transistor Radiola posé sur l'appui de fenêtre. Finalement, il se décide à

aller chercher lui-même la bouteille de porto dans le réfrigérateur.
— *Dis-moi au moins où tu ranges ce foutu verre ?*

À présent, quand elle plante son aiguille à un endroit ou un autre du visage — dans l'œil, ou dans l'épaisseur de la lèvre supérieure — elle sait pertinemment que tout cela ne sert à rien. Léona voit bien que certains jours le mineur ressemble un peu trop à François, comme si son ancien mari, sept ans après, revenait d'entre les morts pour lui reprocher les conditions embarrassantes de sa disparition. À d'autres moments, elle croit apercevoir son fils avec sa bouille trop ronde et trop lisse. Un faux visage d'ange (le même qui l'exaspérait lorsqu'enfant il s'accrochait à elle). Si d'aventure elle a le malheur de fermer les yeux, elle sait qu'elle va aussitôt l'entendre se lamenter, se plaindre de sa femme, et qu'elle aura dans le nez — pour le reste l'après-midi — cette épouvantable odeur d'œuf pourri qui l'accompagne encore partout, malgré les années. Après une série de demi-points exécutés sans problème, elle croit voir cette fois se dilater sous le casque l'espace qui lui reste à broder, et c'est la grosse tête plate de Caudron qui apparaît à son tour. Elle lui en veut à celui-là de l'avoir délaissée pour des infirmières plus jeunes et moins expérimentées — mais, dans le même temps, elle ne parvient pas à lui fermer sa porte. Depuis qu'elle a acquis grâce à lui le statut d'infirmière auxiliaire, elle se sent en quelque sorte redevable d'un arriéré que rien ne saurait solder.

Avec cela que le docteur constitue sa plus belle prise de guerre — enfin, il faut conjuguer cette assertion au passé, maintenant que Monsieur Alphonse a fait irruption dans son existence. Ce dernier, l'ancien contrôleur de gestion, elle n'a aucun mal non plus à l'imaginer sous les traits d'un mineur de fond. Il suffit d'émacier un peu la figure du canevas, de lui rallonger la mâchoire et de faire tomber l'œil. Mais est-ce là, véritablement, ce qu'elle souhaite ?

Au fond d'elle-même, si elle est tout à fait honnête, Léona préférerait que ce mineur ne ressemblât à personne. Une idée en entraînant une autre, cela lui rappelle la ruse d'Ulysse dans l'épisode du cyclope[3]. Alors que le géant Polyphème, pour la seconde fois, demande au capitaine du bateau échoué sur son île de décliner son identité, celui-ci lui répond que son nom le plus connu — le surnom dont son père et sa mère et tous ses compagnons aiment à l'affubler — est Personne. Oui, Tout le monde, N'importe qui, Quelqu'un et Personne. Il vient alors à la sexagénaire une drôle d'inspiration : et si elle brodait en noir le visage au centre de son canevas, afin de préserver en quelque sorte son anonymat. Le noir est certes la couleur du deuil, mais c'est également la couleur du charbon (celui qui maculait les traits des mineurs quand ils remontaient du fond). Combien en avait-elle croisé de ces trognes harassées et noircies, dans les rues de Marles ? Combien en avait-elle

3 L'*Odyssée*, Homère, Chant IX (364-367).

dévisagé, comme pour mieux se convaincre que son mari, François, avait échappé au pire en choisissant une tout autre carrière. Toutes ces « gueules noires », comme on disait alors, tellement plus impressionnantes encore quand elle les retrouvait dans les pages du magazine *Relais*. L'ancienne infirmière a gardé en mémoire tous ces portraits en noir et blanc. Elle n'a oublié aucun de ces hommes. Celui qui pique la veine, les muscles saillants, son marteau pneumatique maintenu à bout de bras. Celui qui soulève sa pelle chargée de minerai. Celui qui embrasse son cheval. Celui qui mange son briquet, le regard vide, plié en deux dans un recoin de la taille. Celui qui suspend ses chaussures et son casque dans la salle des pendus. Celui qui allume la cigarette de son compagnon au mégot de la sienne, et celui qui crache sa fumée avec un sourire reconnaissant pour le tabac. Léona défait à la hâte les quelques demi-points qu'elle a brodés sous le casque, puis elle se lève pour aller fouiller dans sa boîte à couture afin de rassembler tous les écheveaux de fil de coton noir qu'elle possède. Elle se sent soudain plus légère, comme délivrée du poids de la servitude — ce sentiment de soumission dont elle s'est toujours défendue, mais qui l'a presque toujours liée aux hommes qui sont venus contrarier le cours de son existence.

Oui, le noir est aussi la couleur du deuil. Tandis qu'elle plante une nouvelle fois son aiguille dans la gorge du mineur, Léona se remémore avec une précision toute relative l'enchaînement des faits au cours de ce triste mois de février 1968. François, qui tournait en rond depuis un bon moment dans la cuisine — ce qui lui ressemblait assez peu —, s'était plaint subitement de violentes douleurs dans le bas-ventre, au point qu'il était allé s'allonger sur le divan, dans la pièce de devant. C'était un samedi, en début de matinée, et l'infirmière avait couru jusqu'au dispensaire, à quelques centaines de mètres de là, pour avertir Caudron. Ils étaient revenus ensemble une dizaine de minutes plus tard et le médecin avait aussitôt examiné le malade, exigeant toutefois de demeurer seul avec lui (Léona était néanmoins restée plantée dans la pièce du milieu, dans l'espoir de recueillir des bribes d'information). Les deux hommes s'étaient entretenus à voix basse, le mari chuchotant à l'oreille du soignant, puis le gros docteur s'était précipité vers la cuisine, sa mallette à la main, non sans venir cogner contre l'épouse qui faisait mine à présent de s'éloigner. — *Qu'est-ce que tu m'as fichu, encore!* Des explications décousues de Caudron, il ressortait que François n'urinait plus depuis plusieurs jours, peut-être depuis une semaine entière. Il devenait désormais urgent de le faire hospitaliser. Le médecin s'étonnait surtout que son infirmière ne se soit rendu compte de rien. Le même jour, un peu après quatorze heures, François était transféré en ambulance à l'hôpital de Béthune, où il devait décéder deux jours plus tard, le lundi, des suites d'une septicémie ayant entraîné un choc infectieux. L'homme était mort une première fois vers midi, mais l'on était parvenu à relancer son cœur, et il avait rendu l'âme une seconde fois — cette fois-ci définitivement — un peu avant seize heures. Pendant ces quatre heures de rémission, Léona ne lui avait plus lâché la main. Et quand, elle lui avait demandé s'il désirait quelque chose, il avait simplement murmuré ces deux mots : *La vie.*

Dès le lendemain, on avait dressé la chambre mortuaire dans la pièce de devant. Deux neveux, appelés en renfort, avaient descendu l'ancien matelas de Daniel et transformé en lit la table de salle à manger. On avait également repoussé le divan et les deux fauteuils contre les murs, afin de permettre aux visiteurs de circuler. Le défunt, entouré de fleurs, reposait sous un drap empesé d'une blancheur un peu éteinte. Autour de sa tête, surélevée par un coussin, on avait pris soin de nouer une écharpe pour empêcher la mâchoire de bâiller. L'entrée, chose inhabituelle, se faisait par la rue Paul-Vaillant-Couturier, une tenture de deuil ayant été pendue en façade autour de la porte principale. Les membres de la famille, les amis, et de nombreux habitants du coron avaient ainsi défilé devant la dépouille, avant de se rabattre vers la cuisine où Léona les attendait avec du café. Tous avaient siroté debout le liquide bouillant, en échangeant à voix basse des souvenirs souvent imprécis (c'est Violette, la femme de Daniel, qui s'occupait de laver les tasses au fur et à mesure des besoins). Léona, qui circulait de l'un à l'autre avec un air entendu, avait tout oublié des mots de réconfort qu'on lui avait prodigués sur l'instant. Elle se rappelait seulement que Caudron avait réclamé un porto à la place du café, et que Daniel avait refusé de le servir. Le soir, elle avait préparé le plat préféré de François, une truite aux amandes, puis elle était allée apporter l'assiette au défunt en lui demandant s'il voulait manger. Après le repas, tandis qu'elle traversait la chambre mortuaire dans le noir pour monter se coucher, Léona avait été surprise de ne plus déceler la moindre présence (comme si le corps de son mari avait profité de l'obscurité pour se dissoudre).

Là où elle plante son aiguille, tout disparaît à présent. Les ténèbres gagnent du terrain. Léona a tout oublié de la mise en bière et des minutes qui avaient suivi. Il y a certains pans de l'existence, pourtant déterminants, qui se laissent engloutir sans que l'on s'attarde à savoir pourquoi. Le noir n'est pas uniquement la couleur du deuil et du charbon, c'est aussi celle de l'oubli qui creuse des puits dans la mémoire. À propos des funérailles de son mari, l'ancienne infirmière se souvient seulement qu'après la bénédiction et l'enlèvement du cercueil rue Paul-Vaillant-Couturier, le prêtre avait eu l'indélicatesse de glisser à l'avance sa petite facture dans une gerbe de fleurs (c'est là qu'elle l'avait retrouvée le lendemain, en mettant de l'ordre dans la pièce de devant). Elle n'a plus en tête la somme exacte, mais elle se souvient que — sur le moment — elle l'avait jugée proprement exorbitante, en regard du froid polaire qui avait régné dans la petite église de Marles pendant toute la durée de la cérémonie. Le 29 février 1968. Il avait fait ce jour-là — un jour exceptionnel, si l'on en croit le calendrier — un temps à ne pas mettre un chien dehors. Après s'être rassemblés sur le parvis, à la sortie de la messe, les fidèles frigorifiés avaient littéralement sautillé sur place pour tenter de se réchauffer. Et quand le convoi s'était finalement ébranlé derrière le corbillard, pour se diriger vers le nouveau cimetière, le ciel avait soudain viré au jaune et il s'était mis à neiger timidement (mais les flocons avaient tenu tout le temps qu'avait duré le trajet puis l'inhumation).

Léona. Une voix intérieure, qui n'est pourtant pas la sienne, martèle son prénom, l'exhortant à maintenir son effort. Comme envoûtée, l'ancienne infirmière aligne les demi-points noirs avec une détermination qui confine par instant à la rage. C'est comme s'il lui fallait effacer dans l'heure tous ces visages d'hommes qui se bousculent dans sa tête. Des hommes qu'elle avait tour à tour aimés et détestés. Sur le canevas, les ténèbres recouvrent à présent tout le bas du visage : elles ont submergé la bouche et commencent à atteindre le nez. Léona, qui n'a plus à s'embarrasser des motifs et des changements de couleur, plante et replante son aiguille sans même chercher à respirer. Après tout, ce n'est pas elle qui suffoque. Mais tous ceux-là — tous ces affreux bonshommes — qu'elle emprisonne sous le coton, à chaque fois qu'elle tire sur son fil pour resserrer le point. Elle ne veut plus voir, en premier lieu, le visage de François, sur les traits duquel, depuis sa mort, elle croit lire chaque fois l'expression d'un reproche muet. Elle se souvient de son dernier regard à l'hôpital, quand elle lui avait pris la main (et qu'elle s'était sentie invisible pour la première fois de son existence). Le mourant, qui quelques heures plus tôt était allé jeter un œil de l'autre côté du monde, semblait depuis interroger l'inconnaissable — les vivants, autour de lui, lui faisant l'effet d'être devenus des ombres. Chaque fois que l'homme cherchait son souffle et que ses paupières s'abaissaient, son épouse mesurait à quel point le poids de la vie commençait à lui peser (même si, pour rien au monde, il n'aurait renoncé à le porter). Non. Léona ne veut plus être confrontée à cette figure du pardon, qui, au moment de rendre l'âme, n'avait pas su se délivrer du ressentiment qui l'habitait. Rien désormais ne lui ôtera de l'idée que François, au fond de lui, nourrissait de la rancune à son encontre. Pour les petites tracasseries du quotidien. Pour les maltraitances dont elle s'était rendue coupable, envers leur fils et envers lui-même. Pour sa liaison à peine dissimulée avec Caudron. Et pour l'absence d'intérêt qu'elle lui avait témoigné durant les dernières années de leur vie commune — et qui n'était peut-être pas étrangère à sa mort prématurée.

De la même façon, à défaut de pouvoir l'effacer définitivement de sa vie, Léona ne veut plus voir le visage de Daniel, son fils, se superposer à celui du mineur sur le canevas. Elle n'en peut plus d'apercevoir par instant sa pauvre figure d'ange, sur laquelle elle croit déceler chaque fois ce penchant pour la violence qu'elle lui a transmis (il ne s'en est jamais vanté devant elle, mais elle sait qu'il bat régulièrement sa femme, comme il corrigeait son fils quand celui-ci était encore en âge de recevoir des coups). Ce qu'elle ne supporte pas chez lui, c'est la faiblesse qui arme son bras, son incapacité crasse à prendre en main son existence. Quand il ne travaille pas à l'usine, et quand il ne maltraite pas sa famille, Daniel se pavane dans les bistrots et trompe Violette, son épouse, à tout-va. Léona est au courant de tout, car les nouvelles vont vite à Marles, où les trop nombreuses personnes qui lui sont redevables s'empressent de lui rendre visite pour la tenir informée. L'ancienne infirmière en veut surtout à son fils de n'avoir pas su se montrer à la hauteur de son père. Avec le temps, elle s'était rendu compte que cette blouse blanche de laborantin, arrachée de haute lutte par Caudron, ne valait guère mieux au fond qu'un bleu de travail (encore que les bleus de mineurs ne puent pas l'œuf pourri, mais seulement la transpiration et la poussière). Non, Léona ne pouvait plus sentir son fils. Elle ne supportait plus cette pestilence qu'il transportait partout, jusque dans les moindres recoins de sa peau (à se demander comment toutes ces femmes qui couchaient avec lui faisaient pour supporter une telle infection). Et puis il y avait cette sordide histoire d'héritage, de complications à venir, qu'il avait cru bon d'agiter entre eux afin de l'éloigner de

Monsieur Alphonse — pour la bonne raison, sans doute, qu'il ne supportait pas qu'elle couche avec un autre homme que François.

Les ténèbres à présent menacent de recouvrir l'œil du mineur, mais Léona n'apparaît plus en mesure de reculer. Elle ne veut plus voir s'animer sous son nez la face aplatie et rubiconde de Caudron qui, toutes ces années, se sera bien moqué d'elle. Si elle faisait le compte des nuits de garde qu'elle avait passées pour lui être agréable, des kilomètres qu'elle avait parcourus pour aller piquer des culs et panser des plaies, des « petits coups vite faits » qu'ils avaient tirés chez les malades et dans le cabinet du dispensaire de la Compagnie, des maîtresses dont il avait chaque fois vanté la jeunesse et la fougue sexuelle, ou encore des petits verres de porto qu'il avait avalés, sans même prendre la peine de les savourer — oui, si elle faisait le compte de tout cela, l'addition s'avérerait plutôt lourde (et le passif accumulé peut-être aussi important que l'arriéré dont elle se sent encore aujourd'hui redevable envers lui). Au fond, ce que Léona regrette c'est de n'avoir jamais pu se mesurer à des hommes de son envergure. Son mari, son fils, ses neveux, sans oublier Monsieur Alphonse et tous les malades qu'elle avait soignés : personne, parmi tous ceux-là, n'avait jamais su se montrer à la hauteur. En définitive, seul le gros docteur, avec ses méthodes brutales, était parvenu à la dominer (et bien qu'elle ait cru aimer ça, elle lui en avait toujours voulu secrètement pour cet ascendant qu'il avait acquis sur elle). Combien de fois l'avait-il rudoyée parce qu'elle ne se conformait pas à ses désirs avec la précipitation requise ? Combien de fois l'avait-il écrasé sous son poids, sans se préoccuper de son plaisir ? Combien de fois lui avait-il tourné le dos sans un mot, impatient de se fourrer une pastille de menthe dans la bouche ? Avec Caudron, il fallait toujours que tout aille très vite. Les consultations, expédiées montre en main. Les visites accordées aux malades, menées au pas de charge. Les explications réduites à une série de borborygmes. Et l'amour, résumé chaque fois à quelques gesticulations. — *Qu'est-ce que tu attends ? Tu ne crois pas que l'on a assez de travail comme ça ?*

Tandis qu'elle caresse du plat de la main le visage désormais anonyme du mineur sur la toile, Léona se sent comme aspirée par ce trou noir qu'elle a elle-même tissé au centre de l'ouvrage. Elle songe aux centaines de malades qu'elle a accompagnés et soignés parfois jusqu'à la mort, et dont les existences — avec le temps — se sont peu à peu perdues dans l'oubli. Quelques noms lui reviennent, dans le désordre de sa pensée. Filipiak, Lagache, Ponchant, Szczepaniak, Caboche, Marquis, Vichery, Rigobert, Budzynski, Adamski, Baranowski, Taquin, Six, Huguet, Hidoux, Kujawa, Lewandowski. Confusément, l'ancienne infirmière entrevoit des bouches qui s'entrouvrent, des yeux qui se détournent, et d'autres qui la supplient. Des poitrines qui se soulèvent ou qui se creusent. Des mains qui s'agitent puis qui se joignent, sans pour autant parvenir à trouver l'apaisement. Partout sous son crâne, des vestiges d'humanité refont surface, l'espace d'un éclair, avant de rejoindre le néant dont ils procèdent. Léona, par crainte peut-être que les ténèbres ne l'engloutissent à son tour, laisse retomber le canevas sur ses genoux. Pragmatique, elle se dit qu'il faudra le faire encadrer au plus tôt, afin de pouvoir l'accrocher au mur à côté de l'assiette du général (ce qui, tout bien considéré, est encore la meilleure façon de tenir à distance cette figure sans visage). Par la fenêtre de la cuisine, elle observe le ciel qui se dégage, s'interrogeant brièvement sur la finalité de ce travail qui vient de l'absorber pendant plusieurs mois. Où est-il le réconfort qu'elle espérait trouver en se lançant à corps perdu dans la broderie ? Qu'en est-il de la prétendue satisfaction du devoir accompli ? Heureusement, dans quelques semaines, la sexagénaire s'envolera pour les îles Baléares, où elle rejoindra Monsieur Alphonse. À moins qu'elle ne se laisse séduire, une fois sur place, par un nouveau visage. À cet instant, qui peut savoir ?

Palma de Majorque, septembre 1975.

Les personnages de Léona, de Caudron et de Daniel jouent un rôle de premier plan dans deux de mes précédents romans : *Bas monde* (P.O.L, 2012) et *Petite vie* (P.O.L, 2015). Celui de Daniel, qui traverse presque tous mes romans, apparaît également de manière notable dans *La Malédiction de Barcelone* (P.O.L, 2019). Quant au personnage de Pascal, le petit-fils de Léona brièvement évoqué ici, il est le narrateur de tous ces livres.

Les intertitres de ce récit — Le soleil s'est absenté du ciel - Ici commence le noir pays des ombres - Étranger, qui t'a donné ces vêtements ? - Je m'appelle Personne, et Personne est le nom que mes parents et tous mes autres compagnons me donnent… — sont tous inspirés du poème homérique l'*Odyssée*. Qu'il me soit ici permis de remercier les différents traducteurs qui m'ont éclairé : Victor Bérard, Philippe Jaccottet et Emmanuel Lascoux.

Toutes les photographies de mineurs auxquelles il est fait référence dans ce texte sont de Paul Walet. Elles ont été regroupées dans l'ouvrage *Carnet de fond*, publié en 1991 par l'Office régional de la culture et de l'éducation permanente.

Enfin, la photographie qui clôt ce récit est celle de Léona Varetz, infirmière auxiliaire de la Compagnie des mines de Marles, ma grand-mère. Ce texte est en quelque sorte dédié à sa mémoire.

Du même auteur
Bibliographie sélective

ROMANS
Nu-propriétaire, P.O.L, 2022
La Malédiction de Barcelone, P.O.L, 2019
Sous vide, P.O.L, 2017
Petite vie, P.O.L, 2015
Bas monde, P.O.L, 2012
Jusqu'au bonheur, P.O.L, 2010

POÉSIE
Premier mille, P.O.L, 2013
Deuxième mille, P.O.L, 2020

RÉCITS
Rougeville, promenade élégiaque, La Contre Allée, 2018
Modigliani, une bonté bleue, Invenit, 2016

Plus ancien coron du Pas-de-Calais portant haut la reconnaissance du Bassin minier au patrimoine mondial de l'humanité, la Cité des Électriciens témoigne de façon créative et festive de la vie dans les cités. Avec les habitants, les spécialistes et les artistes, elle fait découvrir les valeurs, les rituels et les gestes quotidiens de la culture minière afin d'en révéler le caractère inspirant pour les futures générations.

En donnant ou prêtant leurs canevas représentant un profil anonyme de mineur (deux versions de couleurs différentes commercialisées entre 1960 et 1980) pour constituer l'exposition "Monument aux cent visages", les familles des mineurs font la démonstration que, derrière le grand récit national, la réalité des femmes et des hommes est beaucoup plus nuancée. C'est une multitude de parcours de vie qui renouent avec le fil de l'histoire afin de révéler le nouveau visage d'un territoire profondément humain qui gagne à être reconnu.

LA VIE RÊVÉE DES CHOSES

CENT VISAGES

DÉTAILS D'UNE EXPOSITION

À LA CITÉ DES ÉLECTRICIENS

ROYAL PARIS
Le mineur
176 21

PULLSKEIN
n'enlevez pas
les étiquettes
RETORS
A BRODER
N°
10 mètres

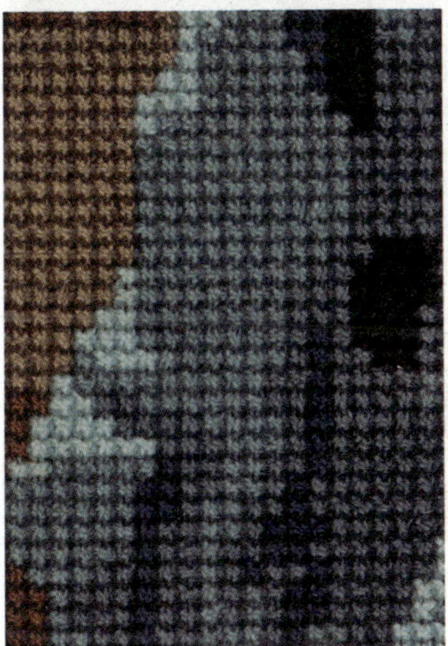

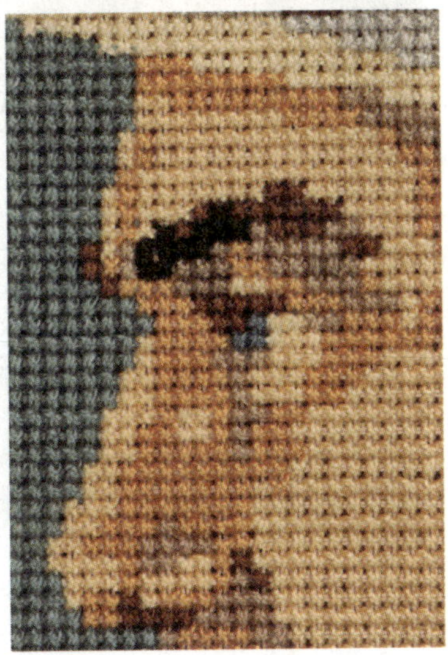

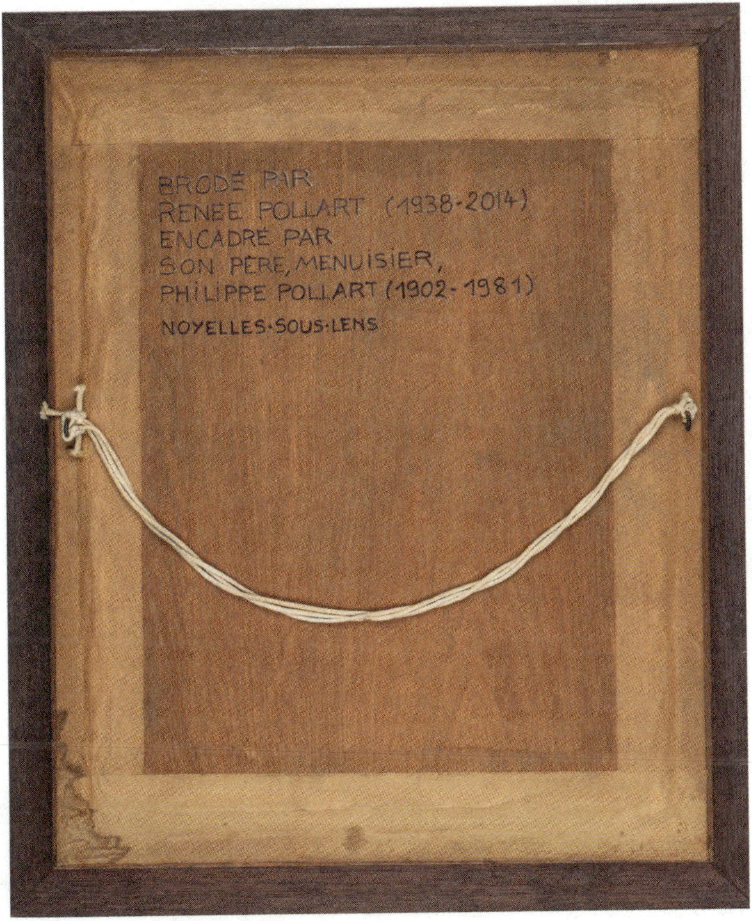
BRODÉ PAR
RENÉE POLLART (1938-2014)
ENCADRÉ PAR
SON PÈRE, MENUISIER,
PHILIPPE POLLART (1902-1981)
NOYELLES-SOUS-LENS

Les Pas Perdus : une œuvre
ARTEOS
LE MONDE

La Cité des Électriciens apporte toute sa reconnaissance à l'ensemble des familles qui se sont spontanément mobilisées afin de prêter ou de donner leur canevas et ainsi perpétuer avec générosité le souvenir des anciens de la mine.

Aliouane Mickael
Annequin Marie Andrée
Anquez Jean-Marie
Anselin Christiane
Barbaut Romuald
Barré Louisette
Baudrin Yvette
Belleverge Andrée
Berna Denise
Blondel Sylvain
Bogaert Rudy
Bompard Josette
Bondues Guillaume
Bonvarlet Christine
Boulenge Brigitte
Bourgeois Roger
Bouvier Catherine
Brauer Yvonne
Buisne Paulette
Centre historique minier de Lewarde
Chwalisz Thérèse
Cocq Samuel
Cocq Annick
Cornet Corinne
Cossart Patricia
Dablemont Nadine
Dabrowski Danielle
Dacquin Nathalie
Dancoisne Jean-Louis
Debarge Bernard
Delaby Genevieve
Delannoy Grégory
Delattre Marie
Delaval Isabelle
Deldicque Dominique
Delecourt Jocelyne
Delfosse Éric
Delon Didier
Deraedt Jules
Desfontaine Jacques
Desprez Christine
Dhainaut Claudine
Dreux Martine
Dubeaurepaire Magalie
Dublicq Marjorie
Ducrocq Odile
Ducroquet Monique
Duez Francine
Dumont Chantal
Duriez Odette
Facon François
Faliva Jean et Noella
Flament Cécile
Flament Danielle
Fren Claudine
Gedda Anne-Marie
Gouilliart Michele et Nicole
Gozdziaszek Nicole
Guffroy Joël
Guillemont Marie-Jeanne
Hennin Béatrice
Hu Christophe
Jablonka Bernard
Jarusel Nadine
Jaspart Blandine
Jonckans Charline
Kazmierczak Jacqueline
Kicinski Édith
Krzymanski Patrick
Lacquement Marie-Odile
Lallart Cécile
Lautour Eddy
Lazaro Marie-Paule
Leclerc Didier
Leclercq Nathalie
Lemaire Antoine
Lemaitre Catherine
Lereche Lionel
Leroux Frédéric
Lesourd Céline
Lewandowicz Rose-Marie
Logiez Isabelle
Louart Sylvianne
Louchart Guy
Mackowiak Régine
Mairie de Gosnay, Mme Cuvelier
Mallet Micheline
Marquette Émile
Mazure Christiane
Merlot Gérard
Meyhart Nicole
Mezier Remonde
Morlighem Martine
Nowaczyk Évelyne
Nowak Waldemar
Papon Guy
Paris Francine
Patron Jean Pierre
Petit Marie
Pluta Michel
Ponchant Jocelyne
Przybyla Antoine
Puliez Catherine
Ratajczak Olivier
Revillon Veronique
Ringot Christelle
Rzepka Christophe
Saint Pol Albert
Semet Josianne
Siwicki Danielle
Skrobacki Joëlle
Szewczyk Christian
Valore Émilie
Vanderotte Henri
Vandewoorde Nicole
Vendeville Monique
Veron Marie
Waroquier Marie-Paule
Warwrzynowski Patrick
Wavelet Brigitte
Weclawiak Édouard
Wozniak Christiane
Zalwert Sabine
Zinkiewicz Édith

Ouvrage achevé d'imprimer
en juin 2023
chez Laballery
pour
les Éditions Cours toujours

ISBN : 979-10-91750-14-1
Dépôt légal : octobre 2023
N° d'impression : 305079